KB103037

우리가 잊고 사는
50가지

우리가 잇고 사는 50가지

E. 젤린스키 지음

홍연미 옮김

청아출판사

차례

1

경험하라, 그것이 살아 있는 단 하나의 이유

사고하고 탐험하는 능력을 키워 온 이래로 인류는 하나의 비밀을 추적해 왔다. '삶의 의미는 무엇인가?' 철학자, 과학자, 신학자들은 이 질문에 대한 해답을 찾으려고 노력했다. 이 난해한 질문은 숱한 과학 이론과 권위적인 주장, 철학적 추론, 영적인 해석을 포함해 다양한 결론과 논쟁을 낳았다.

'삶의 의미는 무엇인가?' 이것은 우리가 살아가면서 순간 순간 스스로에게 묻는, 가장 심오한 질문이다. 이 질문은 그 자체로 다양한 해석의 여지를 갖는다. 우리는 왜 여기에 있는가, 우리는 누구인가, 우리는 어디에서 왔는가, 삶의 목적은 무엇인가, 죽음 이후에도 또 다른 삶이 이어질까…….

당신 역시 이 수수께끼의 근원에 끝까지 도달해 보겠다고 마음먹었을 수도 있다. 얼마 동안 이 문제에 매달려야 할지조차 확신하지 못한 채로. 그러나 결코 단 하나의 대답을 찾을 수는 없다. 당신보다 재능과 지식이 많은 사람들도 결국 빈손으로 물러났다. 깊이 파고들수록 수수께끼는 더욱 깊어질 뿐이다.

어쩌면 당신은 마법과도 같은 삶의 해답을 찾기 위해 온 세상을 여행하기로 결심했을지도 모른다. 그리고 더 멀리 갈수록 해답에 가까워질 거라고 생각한다. 어쩌면 인도의 명상센터나 히말라야 산맥을 떠올렸으리라. 그러나 인도의 명상센터나 히말라야에서 얻을 유일한 해답은 당신이 도달한 곳이 어딘지에 대한 깨달음뿐이다.

그렇다고 해서 세상에 대해 배우는 것을 멈추라는 것은 아니다. 삶의 매혹적인 면을 탐험하고 발견하는 것만으로도 상당한 가치가 있다. 최선을 다해 자신을 둘러싼 많은 것들을 이해하려고 노력하자. 그러나 보다 심오한 물음들은 수수께끼로 남아 있도록 내버려 두는 것이 최선이다. 아름다운 것에 대해 너무 많이 이해하게 되면—밤하늘을 찬란하게 수놓는 오로라의 원인이 무엇인지에 대한 과학적 설명과 같은—아름다움이 반감되는 법이므로.

삶을 완벽하게 이해한다는 것은—혹시라도 가능하다면—삶을 훨씬 덜 매력적인 것으로 만든다. 리처드 바크는 《환상》에서 썼다. "마술사의 트릭을 아는 순간 그것은 더 이상 마술이 아니다." 삶의 의미를 파고들다 보면 아무것도 얻지 못한 채 스트레스와 위궤양, 고혈압만 얻게 될 수도 있다. 삶의 의미를 미친 듯이 찾아 헤매다가 자살로 생을 마감한 극단적인 사례도 적지 않다.

설령 삶의 완전한 의미를 깨달았더라도 자신의 존재가 영적으로 달라질 수 없다는 사실을 알게 될 수도 있다. 삶의 의미에 대한 해답은 결국 삶은 무의미하다는 것일 수도, 우리 모두는 우주의 웅장한 계획에서 한낱 모래알갱이에 불과하다는 것일 수도, 누구나 닥치는 대로 살아갈 뿐이라는 것일 수도, 우리의 존재는 이 우주에 어떤 영향도 미치지 못한다는 것일 수도 있다.

조지 칼린은 이보다 나은 대답을 찾은 것처럼 보이지만, 너무 기대하지는 마라. 그의 대답은 당신이 기대하는 심오한 것이 아니다. 칼린은 삶

의 궁극적 의미가 "자신의 물건을 어디에 둘지 그 장소를 찾는 것"이라고 했다. 괜찮은 대답 아닌가?

존재론적인 고뇌를 덜고 싶다면, 무엇이 세상을 움직이게 하는가를 꼭 알아내겠다는 스스로에게 부여한 역할을 포기해야 한다. 삶의 의미를 생각하는 것은 세상이 내주는 것을 최고로 경험하는 데 비할 수 없다. 대부분의 사람들은 삶을 사는 대신 그 의미를 찾겠다고 애쓰는 실수를 저지르곤 한다. 추구하는 것 자체에서 의미를 찾은 사람도 있겠지만, 그렇다고 그들의 얼굴에 미소가 떠오르는 경우는 거의 없다.

리타 메이 브라운의 "마침내 나는 내가 살아야 할 유일한 이유가 삶을 경험하는 데 있음을 깨달았다."라는 말은 진심이다. 삶이 주는 모든 것을 경험하는 법을 배우면 구태여 이해할 필요는 없어진다. 그런 관점에서 삶의 의미란 충만하게 살아가는 것이며 온 존재를 다해 삶을 경험하는 것이다.

2

삶은 결코 고달프지 않다

불행하게도 당신이 이 행성에 도착했을 때, 아무도 당신에게 삶을 어떻게 살아야 할지 알려주는 안내서를 건네지 않았다. 10대 후반, 당신은 어른처럼 행동하면 삶은 굉장한 파티가 될 것이라는 기대로 가득했다. 그러나 성인이 되고 생활전선에 뛰어든 후 몇 해가 지나자 당신은 삶이 힘들다는 것을 깨닫는다. 미국의 철학자 조지 산타야나는 이렇게 말했다. "삶은 축제가 아니라 역경이다."

평탄하고 안락하기만 한 삶을 기대한다면 정신 차려라. 삶은 누구에게나 어려운 법이다. 당신의 재능이 누구보다 뛰어나고 돈이 많더라도 삶에 어려움이 없을 수는 없다. 누구나 어느 정도의 스트레스와 고통을 경험하게 되어 있다.

질병, 자연재해, 사고, 죽음을 비롯한 많은 부정적인 사건들이 일어나는 것은 어쩔 수 없다. 누구도 여기에 면역을 갖고 있지 않다. 성공한 사람들은 세상이 힘든 곳이라는 사실을 당연하게 받아들인다. 심리학자 칼 융은 자신만의 영적인 자아를 발견하기 위해서는 불쾌한 경험이 많은 도움이 된다고 말했다. "사람에게는 어려움이 필요하다. 어려움은 건강에 필수적이다."

세상은 삶 전반에 걸쳐 시시때때로 변화구를 던진다. 세상 모든 것들이

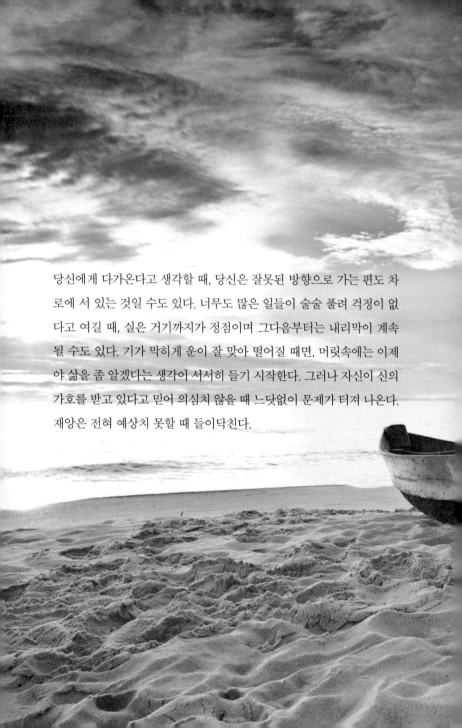

당신에게 다가온다고 생각할 때, 당신은 잘못된 방향으로 가는 편도 차로에 서 있는 것일 수도 있다. 너무도 많은 일들이 술술 풀려 걱정이 없다고 여길 때, 실은 거기까지가 정점이며 그다음부터는 내리막이 계속될 수도 있다. 기가 막히게 운이 잘 맞아 떨어질 때면, 머릿속에는 이제야 삶을 좀 알겠다는 생각이 서서히 들기 시작한다. 그러나 자신이 신의 가호를 받고 있다고 믿어 의심치 않을 때 느닷없이 문제가 터져 나온다. 재앙은 전혀 예상치 못할 때 들이닥친다.

대부분은 실제로 겉으로 보이는 상황만큼 나쁘지 않다. 진정으로 좋은 것은 그다지 오래가지 않으며, 진정으로 나쁜 것도 마찬가지이다. 재앙이 축복의 위장술로 밝혀지는 경우도 얼마나 많은가!

모든 것은 변한다. 좋은 것은 나빠지고 나쁜 것은 좋아질 수 있다. 이익은 손실로, 손실은 이익으로 바뀔 수 있다. 인정은 부정으로, 부정은 인정으로 바뀌기도 한다. 실수와 고난이 모여 성공을 이루는가 하면, 성공이 다시 실패로 이어지기도 한다. 이것이 삶이다.

다시 시작하기에 늦은 때는 절대로 없다.

때로 어려운 상황이 이어지더라도 삶을 매력적으로 만들어 줄 방법이 몇 가지 있다. 긍정적인 시각을 갖는 것과 같은 단순한 방법들이다. 칼럼니스트 앤 랜더스는 말했다.

"삶이 너무나 버겁게 느껴진다면 주위를 둘러보고 다른 사람들이 사는 모습을 지켜보라. 그러면 자신이 아주 운 좋은 사람임을 깨닫게 될 것이다." 그 어떤 일도 시간이 흐르면 처음 일어났을 때 생각했던 것만큼 심각하지 않다. 오늘의 위기는 내일의 흥미로운 이야깃거리가 되게 마련이다.

미국 소설가 캐슬린 노리스는 존재의 어려움을 덜어 줄 해답을 알고 있다. "삶을 살아간다는 것은 당신이 생각하는 것보다 훨씬 수월한 일이다. 가능하지 않은 일은 인정하고, 꼭 해야 할 일은 하고, 참을 수 없는 일은 견디는 것, 필요한 것은 이것이 전부이다."

세상이 던지는 시련을 견뎌 낼수록 더욱 많은 것을 얻게 된다. 편안한 마음으로, 자신감 있게 어려운 시기를 대처해 나갈 수 있도록 내면의 힘을 길러야 한다.

삶은 배우는 과정이며, 고난은 위대한 스승이다. 즐거움과 안락함으로는

인성이 다듬어지지 않는다. 고난을 극복한다면 언제든 최악의 상황에 대비할 수 있다. 미국의 극작가이자 정치가인 클레어 부스 루스는 이렇게 강조했다.

"희망 없는 상태란 없다. 다만 희망을 잃은 사람들이 있을 뿐."

삶은 상대적으로 어려울 수도, 쉬울 수도 있다. 물질적 환경은 삶이 얼마나 어려운가에 영향을 주지 않는다. 중요한 것은 주어진 환경에 어떻게 반응하느냐이다. 역설적이지만, 삶이 쉽지 않다는 사실을 순순히 받아들이고 나면 삶이 훨씬 쉬워진다. 삶이 당신을 압도한다고 느껴질 때마다 다음의 질문을 던져보라. "삶은 고달프다. 그런데 잠깐, 무엇에 비해서?"

3
단순한 것이 쉬운 것이다

삶은 힘들다. 그러나 무슨 일에서든 단순해지면 삶도 훨씬 쉬워질 수 있다. 사람들은 삶을 단순화시키기 위해 노력한다고 여기지만, 오히려 정반대이다. 어떤 일을 할 때 단순한 방법과 복잡한 방법을 제시하면 대부분의 사람들은 복잡한 방법을 택한다. 어떤 사람들은 많은 시간을 들여 복잡한 방법을 궁리해 내기도 한다.

삶을 어렵게 만들 필요는 없다. 세상의 수많은 사람들이 기꺼이 그렇게 해 줄 테니 말이다. 자신만의 특별한 어려움을 만들어 내지 않아도 살아가면서 벌어지는 예상치 못한 사건들은 우리를 시험에 들게 한다.

요즘은 "내 삶은 정말 단순해."라고 말하는 사람을 만나기가 매우 어렵다. 대부분의 사람들은 자신의 삶을 스스로 복잡하게 만들어 놓은 뒤, 왜 이렇게 골치 아픈 문제가 자꾸 일어나는지 모르겠다며 고개를 갸웃거리곤 한다.

'왜 삶을 복잡하게 만드는가'에 대해서는 철학자와 심리학자 모두에게 수수께끼이다. 많은 사람들이 삶을 복잡하게 만들 방법을 찾느라 자신의 궤도에서 벗어나는 모습은 그저 놀라울 따름이다. 아무런 이득이 되지 않는 것들을 추구하느라 숱한 돈과 시간과 에너지를 낭비하거나, 자신에게 전혀 도움이 되지 않는 사람들과 어울리기도 한다.

우리는 토드 로렌츠의 철학을 어느 정도 실천하며 살아간다고 할 수 있다. "이 세상에서 살아간다는 것은 그 자체로 정신병적이다." 우리는 매 순간, 재산, 일, 인간관계, 가족 문제, 생각과 감정을 모두 동원해 자신의 삶을 복잡하게 만들고 낙담한다. 육체적, 정신적으로 자신을 산만하게 하는 것들을 삶 속으로 깊이 끌어들이기 때문에 결국은 원하는 만큼의 성과를 이루지 못하는 것이다.

그러나 복잡하게 만드는 데 들이는 노력을 단순화하는 데 쓴다면 삶은 훨씬 수월해진다. 가진 것을 모조리 챙겨야만 집을 떠나는 사람이라면, 이제 삶이라는 여정에서 조금 가벼워질 필요가 있다. 시간과 공간, 돈, 에너지를 빨아먹는 짐들을 지체 없이 없애 버리자. 삶을 조금이라도 덜 복잡하게 하기 위해 오늘 당장 무엇이든 해 보자.

삶을 최대한 경험하기 위해서는 자신을 복잡하게 만드는 것이 무엇인지 짚어 봐야 한다. 개인적인 영역, 직업적인 영역 모두에서 마찬가지이다. 가치 있는 목적에 어울리지 않는 것들이 무엇인지 목록을 만들자. 어떻게 하면 보다 더 단순해질 수 있을지 친구들의 조언을 받아 목록에 더해 보자. 당신의 눈에는 보이지 않는 것들을 친구들이 볼 수 있을 테니까. 물론 당신이 일부러 복잡해지려고 애쓰지는 않았을 것이다. 그저 완벽하려고 최선을 다했을 뿐. 그렇지 않은가? 그러나 단순한 것을 복잡하게 만드는 데는 특별한 재능이 필요하지 않다는 것을 잊지 말자. 진정으로 재능이 필요한 순간은 복잡한 것을 단순하게 만들 때이다!

존재를 단순화한다는 것은 삶에서 과도한 짐을 덜어 낸다는 것이다. 로마의 철학자 세네카는 말했다. "짐을 진 채로 해안까지 헤엄쳐 갈 수 있는 사람은 아무도 없다." 지나치게 무거운 짐을 지지 않았을 때 삶이 한결 수월해지는 것은 분명하다.

목적지가 어디든 무거운 짐을 지고는 오래 갈 수 없다. 기차를 타건 비행기를 타건 추가 운임을 내야 한다. 삶이란 여행에서는 더 많은 것이 필요하게 마련이다. 짐이 있으면 없을 때보다 목적을 이루는 데 시간이 더 오래 걸린다. 어떤 경우엔 아예 목적을 이룰 수 없을지도 모른다. 짐은 당신에게서 만족과 행복을 앗아갈 뿐만 아니라 당신의 평안 역시 좀먹게 될 것이다.

4

행복은 지금 이 순간의 삶을 사는 것

기원전 350년, 아리스토텔레스는 《니코마코스 윤리학》에서 '행복은 그 자체로 사람들이 욕망하는 유일한 것'이라고 단언했다. 사람들은 부유해지고 싶어서가 아니라 행복해지고 싶어서 부를 추구한다. 마찬가지로 명성을 원하는 것도 그것이 행복을 가져다준다고 믿기 때문이다. 아리스토텔레스에 따르면 우리에게 최고의 선은 행복이며, 그렇기 때문에 우리는 행복을 욕망하고 추구한다.

행복은 역사가 시작되면서부터 모든 사람이 추구하는 가치이자 늘 언급되는 주제이다. 사람들은 언제나 행복에 최고의 가치를 부여해 왔다. 물론 행복의 본질과 행복을 얻는 방법에 대해서 영적 지도자, 철학자, 심리학자, 경제학자들은 각자 다른 견해를 제시한다.

그래도 한 가지는 확실하다. 행복해지고 싶고 삶의 아름다움에 눈을 뜨고 싶다면 자신의 내면 깊은 곳에 자리한 가치와 믿음에 따라 삶을 살아야 한다는 것이다. 다른 사람이 당신에게 바라는 것이 아닌, 당신 자신이 삶에서 진정으로 원하는 것을 추구하는 삶. 사실 이렇게 사는 것이 쉽지는 않다. 외부로부터 수많은 영향을 주고받는 현대 사회에서는 더욱 그렇다.

우리는 관습적인 성공이 행복을 가져다줄 것이라고 기대한다. 그러나 관습적인 성공과 개인의 행복은 별개의 것이다. 관습적인 성공—넓은 집, 해안가의 별장, 근사한 차 몇 대, 멋진 배우자, 누구나 부러워하는 직업—은 많은 사람들에게 삶을 힘들게 할 뿐 별다른 행복을 가져다주지 못한다.

에리히 프롬은 《자유로부터의 도피》에서 이렇게 썼다. "현대인은 자기가 바라는 것이 무엇인지 알고 있다는 환상 속에 살고 있다. 그러나 실제로는 그것을 바라고 있을 뿐이다." 오늘날 소비사회에서는 광고주와 미디어가 사람들이 당연히 바라야 할 것이 무엇인지를 좌지우지한다. 사람들은 무엇을 해야 자신이 행복해질지 스스로 질문하는 대신 외부에서 주입된 사고를 무조건 받아들인다. 다수의 사람들이 하는 일에 의문을 갖기보다는 그들에게 맞춰 가는 편이 훨씬 수월한 법이니까.

그러나 행복을 찾는 데 있어서 다수가 가는 길이 잘못된 길이라면 다수를 좇는 것은 어리석은 짓이다. 행복은 당신이 이루어 낸 성공에는 관심이 없다. 어느 디자이너의 의상을 입었는지, 자동차가 얼마나 근사한지, 얼마나 많이 가졌는지 상관하지 않는다. 당신이 얼마나 아름다운지, 재능이 많은지, 머리가 좋은지에도 관심이 없다.

말도 안 되는 소리라고? 하지만 이 주장을 입증해 줄 학술적인 증거는 숱하게 널려 있다. 심리학 연구 결과에 따르면, 더 나은 삶을 만들어 준다고 우리가 믿는 것들—돈, 명성, 지위, 아름다움, 또는 사회적 우월성—은 그다지 중요하지 않다고 한다. 예를 들어 육체의 매력은 삶에서 느끼는 만족감에 아주 작은 영향밖에는 미치지 못한다. 거액의 복권에 당첨되면 한두 달은 기쁘겠지만, 1년이 지난 후에는 행복감에 별다른 차이가 없다는 것을 밝힌 연구도 있다. 사회적 지위나 나이, 지적 능력, 학력이 진정한 행복에는 영향을 주지 못한다는 연구 결과도 있다.

얼마나 행복한지는 얼마나 기꺼이 행복해지려고 하는지에 달려 있다. 자신에게 적합하지 않은 일을 생각하고 행하는 한 행복은 우리를 비켜 간다. 반면에 자신에게 옳은 일을 생각하고 행하면 행복은 쉽게 찾아온 다. 무엇보다도 다른 사람이 내린 행복의 정의에 속아 넘어가지 않는 것 이 중요하다.

운명을 기다리거나 다른 누군가가 길을 보여 주기를 바라는 한 당신은 결코 행복해질 수 없다. 어떤 피부색을 지녔든, 성별이 무엇이든, 학력이

어떠하든, 결혼을 했든 안 했든, 키가 작든 크든, 돈이 많든 적든 행복은 당신의 성공을 당신 자신에게 일임하고 있다.

달라이 라마는 말했다. "행복은 부처가 줄 수 있는 것이 아니다. 자신의 행동에서 오는 것이다." 이 충고를 마음에 새기고 나아가자. 생을 헤쳐 나가는 여정에 귀한 자산이 되어 줄 테니까.

5
조금만 늦추면 행복이 따라온다

〈그리스 비극〉에서와 마찬가지로 현대 사회에서 성공한 많은 사람들이 행복하지 못하다면 충격적인 이야기일까? 혹시라도 아직 모르고 있는 사람들을 위해 하는 말인데, 관습적인 의미의 성공은 행복보다 훨씬 쉽게 얻을 수 있다. 그러나 성공을 거둔 사람들 중 신경증환자들은 수천, 수만 명임에도 행복한 사람은 좀처럼 찾기 힘들다!

만약 당신이 성공을 거두었지만 행복하지 못하다면 어떻게 해야 할까? 우선 개인적인 욕심으로 행복을 추구하지는 말자. 행복은 욕심을 갖고 자신을 좇는 사람을 그다지 좋아하지 않는 듯하다. 성공을 통해서든 혹은 다른 식으로든 맹렬히 좇을수록 행복은 오히려 비켜 가는 듯 보인다. 행복은 돈을 주고 살 수도, 계속 추구한다고 해서 얻을 수 있는 것도 아니다.

삶의 가장 중요한 목표가 행복이 될 때 행복은 언제나 손이 닿지 않는 곳에 있는 듯하다. 에릭 호퍼는 "행복의 추구는 불행의 가장 중요한 원천 중 하나다."라고 말했으며, 빅터 프랭클 역시 "행복을 내보내는 것이 바로 행복을 추구하는 것이다."라고 말했다. 이디스 워튼도 "행복해지려는 노력을 멈추는 것만으로도 상당히 멋진 시간을 보낼 수 있다."라고 했다.

행복을 추구하는 대신, 지금 있는 그대로의 모습대로 살아 보자. 지금의 모습과 달라야 한다는 믿음에서 불행이 생겨난다. 있는 그대로의 현실을 받아들이다 보면 어떻게 해야 한다는 강박에서 자유로워질 수 있다.

원하는 것을 얻지 못한다고 낙심하지 말자. 이루지 못한 수많은 것들을 대신해 우주는 당신에게 더 나은 것들을 가져다주었을 것이다. 그것이 무엇인지 발견하는 것은 당신의 임무이다. 놀랍게도 행복한 삶은 불행이 없는 삶이 아니다. 당신이 원하든 원하지 않든 불행은 삶 속으로 슬금슬금 기어 들어온다. 행복도 마찬가지다. 그때 무엇을 할지는 전적으로 당신에게 달려 있다.

행복이 당신을 잊었다고 생각될 때는 현재의 불행에서 어떤 보물을 찾을 수 있는지 살펴보자. 머지않아 행복은 당신을 기억해 내고 슬그머니 당신의 삶으로 되돌아올 것이다. 나쁜 일보다 좋은 일이 열 배나 더 많이 일어나리라는 사실을 마음에 새겨 두자. 그러니 불평하기보다는 삶의 경이로움에 경탄하고 감사하면서 열 배의 시간을 더 보내는 것이 현명하다.

샹그릴라(제임스 힐튼의 1933년 작 《잃어버린 지평선》에 등장하는 가공의 장소로 흔히 파라다이스라는 의미로 쓰인다. - 옮긴이)를 찾고 있다면, 당신이 있는 곳이 바로 파라다이스일 수도 있다는 것을 잊지 말자. 대부분의 사람들은 자신이 있는 곳 밖에서 파라다이스를 찾는다. 그러나 당신이 지금 바로 이곳을 선택한다면 당신은 인류의 90퍼센트보다 훨씬 더 행복해질 것이다. 한 가지 더 이야기하자면, 대출한도를 꽉 채워 넓은 집을 사려고 안간힘을 쓰면서 시간과 에너지, 돈을 낭비해야 할까? 작은 집도 큰 집만큼의 행복을 담을 수 있다. 사실 더욱 크나큰 행복이 찾아들기도 한다!

보다 행복해지고 싶다면 삶의 흐름에 좀 더 순응하려고 노력해 보자. 무엇을 이루겠다고 번번이 애쓰지 말고 그냥 일어나게 내버려 두자. 달리고 있는 방향으로 말을 타기가 훨씬 수월한 법이다. 달리 말하면, 행복을 찾아 헤매는 대신 스스로 행복의 원천이 되어 보자는 뜻이다. 바로 이곳에 행복이 있다면 구태여 그것을 추구할 필요가 없을 테니 말이다.

행복은 목적지가 아니라 여정에 있다. 행복은 목적을 달성하려는 데서 오는 산물이지 그 자체로 목적이 아니다. 선승禪僧들은 우리가 행복 그 자체를 목적으로 삼음으로써 삶의 아름다움을 훼손하고 있다는 가르침을 준다. 그들의 가르침에 따르면 행복은 지금 이 순간의 삶을 사는 것이다. 우리가 행하는 모든 것에 행복이 있다. 살면서 동시에 행복해지는 법을 배우자. 그러면 영원한 행복을 얻는 법을 터득하게 될 것이다.

6
한계에 맞서 싸워라

많은 사람들은 자신이 아무것도 성취하지 못할 거라고 믿는다. 심지어 실패를 당연하게 여겨 성취하지 못한 일에 실망조차 하지 않는다. 안타까운 일은 실패를 예상하지 않았다면 더 큰 성과를 얻을 수 있었으리라는 점이다. 헨리 포드는 "자기가 할 수 있다고 생각하는 것보다 더 많은 것을 이룰 수 있는 사람은 세상에 없다."라고 말했다.

자신이 부여한 한계로부터 자유롭지 않으면, 제아무리 좋은 재능을 타고난 사람들이라도—배관공이든 시인이든 소아과 의사든—성취할 수 있는 것은 거의 없다. 성공을 얻는 데는 자신감이 반드시 필요하다. 자신의 잠재력을 최대로 발휘하지 못하는 가장 큰 이유는 자신의 능력을 믿지 못하기 때문이다. 자신에 대한 의구심은 생각보다 훨씬 만연해 있다. 사실 모든 사람들이 자신에 대한 의구심을 어느 정도는 품고 있다.

누구나 스스로 할 수 있다고 생각하는 것보다 더 많은 것을 성취할 수 있다. 당신이 느끼는 한계는 대부분 당신의 마음속에 있다. 그 의구심이 현실이 될 수 있는 가능성은 얼마든지 있다. 부정적인 예상은 부정적인 결과를 가져온다. 계속해서 일이 잘 되지 않을 것이라고 되뇌다 보면 결국은 그렇게 된다. 실패를 예견한다면 실패할 것이다.

당신이 중요한 일을 수행하지 못할 거라는 무의식적인 주문을 무시해야 한다. 당신이 도전적인 일을 하려고 할 때 뜯어말리려고 혈안이 된 사람들의 말을 무시하는 것도 중요하다. 자신의 능력에 대한 믿음이 있다면, 당신의 원대한 꿈이 이루어지지 못할 것이라고 수군대는 사람들의 말은 아무 의미가 없다. 당신이 긍정적이고 자신감 넘치는 태도를 지니고 있다면, 누군가가 그런 건 불가능하다고 이야기했을 때 오히려 더욱 힘있게 목표에 매진할 수 있다. 남들이 절대 못할 거라고 여기는 일을 해냄으로써 커다란 만족감을 얻게 될 것이다.

우리 모두는 이 세상에 흔적을 남기고 싶어 한다. 자신의 삶이 세상에 차이를 만들어 낼 수 있다고 생각한다. 그렇다면 과거의 실패가 발목을 붙잡게 놔두지 말자. 만약 자존감의 상처, 불행, 좌절을 경험했다면, 당신은 뭔가를 잘못하고 있었을 가능성이 크다.

성공이 재능을 타고난 사람들만의 것이라는 감상적인 사고에 갇혀 있지 말자. 그 갇힌 사고에서 벗어나 자신이 오를 산을 찾아야 한다. 리처드 바크는 말했다. "한계에 맞서 싸우라. 그러면 당신의 것이 될 테니까." 당신이 도달할 수 있는 상태 아래에 안주해서는 안 된다. 재능과 동기와 노력이 결합되면 평균을 뛰어넘을 수 있는데 왜 평균에 안주하려 하는가?

새로운 친구를 사귀는 것이든 더욱 만족스러운 직업을 갖는 것이든 행동하지 않은 꿈은 단지 꿈으로만 남는다. 꿈을 이루게 하는 가장 중요한 요소는 자존감이다. 다시 말해 자신이 재능과 창의력을 갖고 있다는, 꿈을 이룰 만한 자격이 있다는, 그 꿈을 얼마든지 달성할 수 있다는 믿음이다.

최악의 실패자는 노력조차 안 해 본 사람이다. 기회를 얻으면 무조건 최선을 다해야 한다. 도전하고 실패하자. 실패는 당신의 무지를 드러낼 것이다. 실패와 무지, 두 가지 모두 축하할 일이다. 그것을 통해 더욱 현명해질 테니까. 그러고 나서 스스로에게 성공을 허락하자. 성공과 함께 당신은 더욱 현명해질 것이므로.

로마 시인 베르길리우스는 이렇게 결론지었다. "할 수 있다고 생각하기 때문에 할 수 있는 것이다." 당신의 한계는 스스로에게 부여한 한계보다 훨씬 작다는 것을 깨닫자. 훨씬 많은 것을 할 수 있는데도 능력을 그저 흘려 버리는 것은 삶을 대하는 성실한 태도가 아니다. 자, 이제 정신을 차리자. 세상과 자신에게 무엇을 할 수 있는지 보여 줄 때가 되었다.

7

이루지 못한 꿈으로 평생 후회할 것인가

임종을 맞았을 때 사람들은 깊은 회한을 가지고 삶을 돌아본다. 애슐리 몬터규는 말했다. "가장 고통스런 패배감은 이룰 수 있었던 것과 이룬 것 사이의 간극으로부터 온다." 만약 현재의 삶에서 아무런 만족도 찾을 수 없다면, 당신은 이루지 못한 꿈의 고통이 평생에 걸친 아픔이 될 수 있음을 절감하는 것이다.

몇 개의 터널로 이루어진 실험대에 쥐를 넣어 두고 항상 세 번째 터널에 치즈를 놓으면 쥐는 여러 번의 시행착오 끝에 마침내 치즈가 세 번째 터널에 있다는 사실을 깨닫는다. 이제 쥐는 다른 터널은 거들떠보지도 않은 채 곧장 세 번째 터널로 달려간다. 여섯 번째 터널에 치즈를 놓아도 쥐는 계속해서 세 번째 터널로 들어간다. 그러나 조만간 쥐는 세 번째 터널에는 더 이상 치즈가 없다는 것을 깨닫고 다른 터널을 기웃거리기 시작하고, 마침내 여섯 번째 터널에서 치즈를 찾아낸다. 이제부터 쥐는 계속해서 치즈가 있는 여섯 번째 터널로 달려간다.

여기서 쥐와 인간의 차이를 말한다면, 대부분의 사람들은 치즈가 없는 세 번째 터널을 고집한다는 점이다. 희한한 일이지만 사실이다. 그들은 결코 빠져나가지 못하는 함정에 스스로를 옭아맨다. 치즈가 남아 있지 않은―또는 처음부터 아예 없었던―함정에 갇혀 있을 때 치즈를 얻기는

불가능하다. 여기서 '치즈'는 꿈을 좇고 달성하는 데서 얻어지는 '행복, 만족, 창조적인 충만감'이다.

안타깝게도 현대 사회에서 머리가 좋고 교육 수준이 높고 특출난 기술을 가진 많은 인재들이 성공을 거두지 못한다. 이 불행하고 안타까운 이들은 자신만의 계획을 따르지 않았거나 자신의 꿈을 좇지 않은 사람들이다. 그 대신 높은 연봉을 주는 직장을 잡아서 좋아하지도 않는 일에 줄곧 매달린 것이다. 지루함뿐인 사오십 년을 보내고 난 뒤에도 여전히 치즈가 없는 터널에 진을 치고, '내 삶에는 언제쯤 볕이 들까'라는 생각만 하고 있다.

그와는 반대로 꿈을 현실로 이룬 사람들도 많다. 꿈을 현실로 이뤘다는 것은 집중하여 일이 이루어지도록 노력하였음을 뜻한다. 삶이라는 게임을 수행하려면 나아갈 목표가 될 꿈을 갖고 있어야 한다. 리처드 바크는 "어떤 희망이 주어질 때는 그것을 현실로 이룰 수 있는 힘도 같이 주어진다. 그러나 그것을 이루기 위해서는 당신이 행동해야 한다."라고 말했다.

하려고 했지만 할 기회를 갖지 못한 중요한 일에서 만족을 얻을 수는 없다. 명예든 부든 로맨스든 모험이든 당신이 발을 내디뎌야 얻을 수 있다. 삶이 만족스럽지 않다면 다시 재정비해야 한다. 그러지 않으면 이제껏 얻은 것들만 반복해서 얻게 될 뿐이다.

당신이 간절히 바라는 꿈은 무엇인가? 무엇을 추구하며 살지 스스로에게 귀띔하고 자신의 꿈과 판타지를 여행할 시간이다. 자신에게 가장 의미 있는 것들을 알아내고 그것들을 초석으로 삼아야 한다. 지금 여기에서 이룰 수 없다면 꿈이 이루어질 수 있는 다른 곳을 찾아야 한다.

당신이 조만간 세상을 뜰 확률이 높다는 통계학적 증거는 넘치도록 많다. 삶에서 중요한 것들을 하루 빨리 시작하자. 어쩌면 생각보다 기회가 그리 많지 않을지도 모른다. 세심한 계획과 노력은 당신의 꿈을 이루는 데 크나큰 보탬이 되어 줄 것이다.

8
누구도 대신 걸어줄 수 없다

꿈꾸었던 일을 하는 것과 날마다 똑같은 지루한 나날을 보내는 것 중 하나를 선택하라고 하면 대부분의 사람들은 후자를 택한다. 못된 상사와 형편없는 작업 환경, 따분하고 비전 없는 일을 하는 대신 더 나은 직업을 찾으려면 시간과 에너지가 든다는 이유만으로 그냥 참고 견디는 것이다. 게다가 꿈꾸던 일을 시작하는 데는 변화와 위험을 감수해야 한다. 그러므로 대개는 익숙한 것에 안주하는 편이 훨씬 쉽다고 생각한다. 설령 그 익숙함이 끝없는 지루함과 따분함을 안겨 줄 뿐이라도.

지금 꿈꾸던 일을 하지 않는다면 훗날 당신은 엄청난 후회를 안게 될 것이다. 꿈꾸던 일을 하지 않은 것은 만년에 회한을 품게 되는 이유 중 하나다. 많은 이들이 명성과 부를 얻고 나면 그것을 얻기 위해 삶의 에너지를 모두 쏟아부은 것을 후회한다는 사실을 안다면 깜짝 놀랄 것이다. 유명한 투자 금융가인 조지 소로스를 보자. 투자의 귀재답게 소로스는 〈포브스Forbes〉 추산 85억 달러에 달하는 천문학적인 재산을 모았다. 그러나 그는 꿈꾸었던 일을 얻을 수만 있다면 전 재산을 내어 줄 수도 있다고 말했다. 그가 언제나 열정을 품었던 일은 돈을 버는 것이 아닌 철학자가 되는 것이었다.

놀라운 것은 조지 소로스의 사례가 그만의 것은 아니라는 점이다.

수많은 사람들이 열심히 일하여 엄청난 돈을 벌고 난 뒤에야 비로소 그럴 가치가 없었다는 결론을 내리곤 한다. 그렇게까지 돈이 많지 않았더라도, 자신이 원하지 않거나 자신에게 필요하지 않은 것들을 포기했으면 그만이었으리라는 점을 깨달은 것이다. 그 깨달음 속에는 자신이 진정으로 즐기는 무언가를 했다면 삶을 더욱 만끽할 수 있었으리라는 후회도 포함되어 있다.

아마 당신에게는 추구하고 싶은 꿈이나, 유용하게 사용하고픈 기술이나 재능이 있을 것이다. 그러나 관습적인 의미의 성공에 집착하면서 짧은 시간 내에 되도록 더 많은 돈을 벌기 위해 그 꿈과 재능, 기술을 억눌러 왔으리라.

그러다가 당신은 삶에 있어 중요한 몇 가지만 변해도 한층 의미 있고 만족스러우며 행복한 존재가 될 수 있다는 것을 깨달았을지도 모른다. 그러나 당신은 최적의 조건을 갖춘 완벽한 순간이 오기를 기다리느라 변화의 시기를 미루어 왔을 것이다. 하지만 완벽한 순간이란 존재하지 않는다. 상황이 좋아지기를 기다려 봐야 시간이 지나도 결코 좋아지지 않는다는 점을 확인할 뿐이다.

꿈꾸어 온 일에 대한 바람만을 가진 채 살아간다면 자신에게 엄청난 해를 끼치는 셈이다. 그런 미래는 결코 오지 않는다. 그러면 진정으로 원했던 일을 성취하는 데서 오는 만족감은 결코 맛볼 수 없다. 꿈꾸던 일이 명성이나 창조적인 성취, 모험과 관련이 있느냐와 상관없이 오늘이야말로 그 꿈을 향해 나아갈 시간이다.

간호사에서 출발하여 성공의 사다리를 타고 뉴욕에서 제일가는 병원의 책임 관리자가 되었다고 해도, 소호의 다락방에서 화가로 살아가는 편이 더 나았다고 생각할 수도 있다. 캐나다 북부의 작은 기업에서 하루 열여섯 시간씩 안전모를 수리하고 있지만, 마음속으로는 작가인 한 친구처럼 스타벅스에서 노트북을 끼고 카푸치노를 마시는 무리의 일원이 되고 싶을 수도 있다. 진정 하고 싶은 것이 무엇이든, 이제는 진지하게 그 가능성을 찾아봐야 한다.

일은 당신의 정신을 표현하고 창의적인 재능을 펼치는 장이 되어야 한다. 다양한 방식으로 지금 하고 있는 일에 자신의 목표와 재능, 성격, 꿈을 불어넣을 수 있다. 수많은 선택과 기회가 당신을 기다리고 있다. 자신이 원하는 것이 무엇인지 결정하고 그 목표를 향한 올바른 길에 설 수 있는 사람은 오직 당신뿐이다. 미국의 시인 월트 휘트먼은 말했다. "나는-어느 누구도-당신을 위한 길을 여행할 수는 없다. 그 길은 당신 스스로가 가야 할 길이므로."

새로운 직업을 선택할 때는 자신에게 맞는 것이 무엇인지 선택하는 데 모든 노력을 기울여야 한다. 로마의 속담은 충고해 준다. "당신을 위해 끓지 않는 냄비에는 숟가락을 넣지 마라."

당신의 일이 세상에 차이를 만들어 낸다는 숭고한 목표에 충실할 때, 그 때가 바로 당신의 냄비가 당신을 위해 끓는 때이다. 좋은 직업은 당신이 사용하고픈 특별한 재능을 활용할 수 있어야 한다. 진정으로 자신을 위해 일할 수 있으려면, 당신의 성격에 맞고, 원하는 생활방식과 함께할 수 있는 일을 택해야 한다.

꿈의 직업은 누구에게나 현실이 될 수 있지만, 계속해서 노력하는 사람들에게만 주어지는 몫이다. 주위를 둘러보면 꿈의 직업을 갖고 사는 사람들을 적잖이 볼 수 있다. 취미를 부업으로 삼았다가 급기야는 백만장자가 된 사람도 있다. 고등교육을 받아 얻은 일자리를 과감히 버리고 교육이 필요 없는 직업을 선택한 사람도 있다. 그들은 불이익을 받으면서도 꿈을 현실로 바꾸어 삶을 충만하게 만든 사람들이다.

당신은 자신이 진정으로 바라는 일이 형사사건 전문 변호사라고 생각했지만, 이제는 좀 더 의미 있는 그 이상의 뭔가가 필요하다고 생각할 수도 있다. 이상적인 일은 항상 세상에 차이를 만들어 낼 수 있는 것, 자신이 즐길 수 있는 것, 자신의 소중한 재능을 사용할 수 있는 것이다.

직업을 바꾸는 데 너무 늦은 때는 없다. 당신이 꿈을 찾기에 최상의 시간은 20년 전이었고, 그리고 또 오늘이다. 꿈을 찾아가는 시간이 늦어질수록 더욱 많은 시간이 당신의 적이 된다. 줄곧 적당한 때를 기다린다면 시간은 결국 당신의 꿈을 앗아 가고 만다. 돈이야 언제든 벌 수 있겠지만 시간은 결코 만들어 낼 수 없다.

몇 년 뒤 삶을 돌아보았을 때, 노래를 부르면서, 소프트웨어를 설계하면서, 아이들과 일하면서, 손으로 무엇인가를 만들면서, 새로운 도시를 여행하면서, 다른 사람에게 목표를 불어넣어 주면서 경제활동을 하지 못한 것을 후회하고 싶은가? 창의적이고 흥미로운 삶에 대해 단지 꿈만 꾸었을 뿐이라는 걸 깨닫게 되면 그때 가서 얼마나 마음 아프겠는가. 무엇보다 당신의 마음을 아프게 할 것은 당신이 한 일이 아니라 하지 않은 일이 될 것이다.

9
어렵고 불편한 일은 삶을 쉽게 만든다

삶은 버겁다. 그런데 다행히도 삶이라는 게임을 훨씬 쉽게 만드는 방법이 있다. 이제부터 그 놀랍고도 역설적인 삶의 원리를 소개하려 한다. 그것은 바로 '삶을 쉽게 하는 규칙'이다.

'삶을 쉽게 하는 규칙'을 따르면 당신은 짧은 시간 안에 '실패자들의 마을'에서 '성공의 도시'로 옮겨 갈 수 있다. 어쩌면 이 원칙을 '성공을 이루는 법칙'이라고 불러도 무방할 것이다. 이 원칙에 통달하면 성공은 더 쉽게, 훨씬 빠른 시간 안에 얻을 수 있을 테니 말이다.

'삶을 쉽게 하는 규칙'이란 쉽고 편한 것만 추구하면 삶이 어렵고 불편해진다는 사실이다. 반대로 어렵고 불편한 일을 하면 삶은 편안해진다. 잘 살펴보면 이 규칙이 당신의 삶에 어떻게 적용되는지 알 수 있다.

진정한 만족과 평안을 얻으려면 어렵고 불편한 일을 해야 한다는 원칙은 일, 경제 문제, 양육, 우정, 사랑, 건강, 몸 관리, 은퇴 등 우리 삶의 모든 영역에 적용된다. 쉽고 편안한 방법—집에 멍청히 앉아 텔레비전 프로그램을 넋 놓고 보는 등—을 택하면 결국 막다른 골목에 이르고 만다. 장기적인 만족감은 도전적인 활동들을 할 때에 얻을 수 있다. 그러한 활동을 하려면 시간과 노력을 들여야 하고, 실패를 감수하는 대가를 치러야 한다.

이 놀랍고도 역설적인 삶의 원칙이 성공에 어떻게 적용되는지 살펴보자. 삶에서 큰 성공을 거두는 것이 결코 쉬운 일은 아니다. 당신은 계속해서 어렵고 불편한 일들을 해야 할지도 모른다. 그러나 일단 성공을 거두면 삶은 더욱 쉽고 편안해진다. 성취로 인해 삶의 만족도도 한층 높아진다.

'삶을 쉽게 하는 규칙'에 따르면 우리는 날마다 뭔가 어렵고 불편한 일을 해야 한다는 것이다. 당신이 책을 펴내고 싶지만 아직 엄두를 못 내고 있다면 당신은 대다수에 속한 셈이다. 81퍼센트의 미국인이 책을 내고 싶어 하지만 원고를 완성하는 사람은 고작 2퍼센트에 불과하다고 한다. 미국 소설가 존 업다이크는 그 이유를 설명해 준다. "작가란 대개 평판이 고약하고 고집불통에다가 일찍 시들어 버리거나 아니면 지나치게 늦게 꽃필지도 모르지만, 그래도 어쨌든 홀로 할 용기를 낸 사람들이다." 당신이 원고를 끝낸 극소수의 창조적인 부류에 속하고 싶다면 적어도 하루에 한두 시간은 억지로라도 글을 써야 한다. 그리고 혼자 가야 한다. 꽤 오랫동안 어려움과 불편함이 지속되겠지만 결국에는 책을 완성할 수 있을 것이다.

그러나 많은 사람들은 성공하는 데 필요한 일을 하기보다 편안함을 바란다. 그런 사람들과는 다른 삶을 살자. 기꺼이 불편해지자! 강연가가 되고 싶은

데, 두 사람 이상 앞에 서면 떨려서 말을 못 한다면 최고로 불편한 곳을 찾아보자. 첫 연설을 100명 앞에서 하는 것이다. 연설을 망칠 수도 있겠지만, 거기서 최선을 다한다면 굉장한 성취감을 얻을 것이다.

살아 있음을 느끼고 성취감과 만족감을 얻고 싶다면 집중해서 어렵고 불편한 일들을 해야 한다. 규칙적인 생활을 하는 것은 어렵고 불편한 일이다. 몰입하기란 어렵고 불편한 일이다. 돈을 저축하는 것은 어렵고 불편한 일이다. 신념을 지키는 것은 어렵고 불편한 일이다. 아무리 재미없다 해도 편안함을 포기하고 어렵고 불편한 일들을 시작해 보자.

두 손을 배배 꼬면서 '아, 내게는 왜 기회가 없을까' 한탄만 하고 있기는 쉽다. 기회가 널려 있다는 것을 깨닫고 적절한 기회를 잡아 기회를 활용하는 것이 훨씬 어렵고 불편한 일이다. 날마다 불편하고 위험을 감수하는 무언가를 하고 있지 않다면 당신은 정체되어 있는 것이다. 지금 당장당신에게 쉽고 편안한 일을 택할 수 있는 영역이 줄잡아 백 가지는 있지 않은가.

사람들은 어려움이 닥쳐오면 그것이 곧 '무언가를 하지 않기'에 타당한 이유라는 결론을 내리곤 한다. 그러나 오히려 어려움은 '무엇을 할' 좋은 이유가 된다. 에디슨을 생각해 보자! 간디를 생각해 보자! 만델라를 생각해 보자! 비범한 성과들은 한때 전문가들로부터 어려울 뿐만 아니라 불가능하다는 딱지를 받았던 것들이었다. 그러나 그 무엇도 성취를 이루어 낸 사람들을 멈추지는 못했다.

진정한 위대함은 지위나 권력, 재산으로 결정되지 않는다. 위대함의 기초는 모험을 감수하는 힘, 개성, 용기, 갖가지 장애물을 극복하는 능력으로 이루어진다. 성공한 사람들이 모두 좋은 배경을 갖고 있지는 않다. 성공한 사람들은 다른 사람들과는 전혀 반대되는 방식으로 게임을 수행한다. 그들은 '삶을 쉽게 하는 규칙'을 따르고 "봐요, 사는 건 이렇게 수월하다니까요." 하고 선언한다.

당신의 마음에 들든 그렇지 않든 '삶을 쉽게 하는 규칙'을 얼마나 따르느냐에 따라 삶에서 얼마나 많은 만족과 행복을 얻을 수 있는지가 결정된다. '삶을 쉽게 하는 규칙'을 따르기 시작하면 당신의 삶은 놀랍게 변화할 것이다. 그 원칙을 실행하는 데 더욱 많은 시간을 들이기 위해 스스로를 재촉하게 될 것이다.

자신이 살아온 방식을 변화시켜 '삶을 쉽게 하는 규칙'을 사용하기까지는 얼마나 시간이 걸릴까? 단시간에 되지는 않는다. 그러나 당신은 불편한 일들을 조금씩 늘려 가게 될 것이다. 하루에 한 가지씩 영원히! 반복이 완벽을 만든다. '삶을 쉽게 하는 규칙'을 사용해 마침내 성공을 거두었을 때 당신은 기쁨에 넘쳐 이렇게 외칠 것이다. "게임은 이렇게 하는 거였다니까. 안 그래?"

10
평범한 사람이 비범한 성공을 거둔다

당신과 친분이 있는 사람 중 성공한 사람이 있는가? 여기서 성공이란 사업에서 큰 수익을 올렸거나, 베스트셀러 책을 냈거나, 건축물이 디자인 상을 받았거나, 멋진 이성과 데이트한 것일 수도 있다. 당신은 어떻게 저런 사람이 그런 일을 해냈을까 고개를 갸웃거린다. 그 사람은 당신만큼 재능이 있는 것 같지도, 영리하지도, 매력적이지도 않아 보인다. 그런데 그런 사람이 해냈다면 당신이 못할 이유가 뭐란 말인가?

당신이 평균적인 능력을 갖추고 있다면, 앞서 생각한 사람들이 당신보다 재능과 지능, 매력이 결코 뛰어나지 않다는 판단은 분명 옳다. 그렇다고 그 사실이 그다지 놀라운 일은 아니다. 세상에 영향을 미치거나 큰 차이를 만들어 내기 위해 성인이나 천재가 될 필요는 없다. 사실 비범한 성공은 평범한 인물들이 이루어 낸다. 당신이나 나와 별반 다르지 않은 평범한 사람들 말이다.

세상의 모든 특별한 성과는 한때는 불가능한 것으로 여겨지던 것들이었다. 그러나 많은 사람에게는 불가능한 것이 평범하지만 추진력 있는 한 사람에게는 획기적인 성공의 기회가 될 수 있다. 다른 많은 사람들이 "난 포기할래. 될 리가 없어." 하고 말하는 경우에도 "뭔가 새롭고 흥미로운 것을 만들기에 좋은 기회인 걸." 하고 반응하는 사람이 있다. 어떤 일이

이루어질 수 없다고 생각한다면, 그 일을 이루려는 사람을 위해 공연히 어정거리지 말고 길이라도 비켜 주어야 마땅하다.

성공과 실패는 종이 한 장 차이이다. 개개인의 능력 차이는 대개 자존감의 차이보다도 클 것이 없다. 훌륭한 능력을 타고난 많은 사람들이 내면 깊숙이 숨어 있는 자존감을 밖으로 끌어내지 못하고 그대로 주저앉아 버린다. 만약 당신이 낮은 자존감 때문에 자주 곤란을 겪고 있다면, 반드시 그 구렁텅이에서 벗어나 자신에 대한 확신을 가져야 한다. 낮은 자존감으로 당신이 얻을 수 있는 것은 좌절과 실패뿐이다. 낮은 자존감은 불행을 낳는, 사람을 마비시키는 질병이다.

이 점을 잘 기억해 두자. 평범한 사람들이 비범한 성공을 거둔다. 그러니 당신도 할 수 있다! 불가능을 거부한다면 당신은 정말 놀라운 일을 할 수 있다. 밑바닥 일을 하거나, 실패를 거듭하거나, 학교를 중퇴하거나, 수백 번 거절당하거나, 몇 년을 집에만 틀어박혀 있거나, 심지어는 감옥살이를 하고 난 다음에 비로소 비범한 성공을 거두는 사람들이 숱하게 많다.

우리 내면에는 감히 우리가 판단하는 것보다 더 큰, 삶을 변화시킬 힘이 놓여 있다. 우리는 건강, 우정, 사랑, 재산, 일, 자유에 있어 더 나은 성취를 얻을 수 있다. 그 힘은 나중에 천국에 가서야 발휘되는 것이 아니라 이 땅에서 우리의 창의력으로 얼마든지 발휘될 수 있다.

지금 모습이 어떻든 당신을 위한 수많은 기회가 있다는 사실을 받아들이자. 스스로를 믿고, 마지막 목적을 이루기 위해 타당한 지향점들을 설정하자. 어쩌면 자신이 창의적이거나 예술적이지 않다고 여겨 그러한 노력은 아예 생각조차 하지 않았을 수도 있다. 자신이 예술적이라고 판단하든 그렇지 않든, 예술과 관련된 활동을 틈틈이 해 보자.

한두 시간쯤 짬을 내서 당신의 기술, 취향, 강점을 적은 목록을 만들어 보자. 자신이 얼마나 많은 재능을 갖고 있는지 깨달으면 깜짝 놀라게 될 것이다. 삶에서 무엇을 얻고 싶은지가 분명해지면, 한 걸음 한 걸음 앞으로 나아갈 수 있다. 아주 많은 일이 가능하다는 것을 깨달아야 한다. 당신이 어떤 일은 절대 이루어질 수 없다고 생각하기 무섭게 능력이나 재능이 당신보다 못한 사람들이 보란 듯이 그 일을 해내는 것을 보지 않았는가.

목표를 높이 두면 삶에서 놀라운 성취를 얻을 수 있다. 과도한 야심을 부릴 일은 아니지만, 열정과 에너지를 가져야 한다. 열정과 에너지는 당신의 창조성과 의지력을 최대화하게 만든다. 무엇을 성취하고 싶은지 결정한 뒤 신념을 가지고 나아가자. 그러면 언젠가 다른 사람들이 당신의 성과에 대해 놀라움과 함께 궁금증을 품게 될 것이다. 자기들보다 재능이 뛰어나지도, 매력적이지도, 열심히 일하지도 않는 당신을!

11
가치 있는 일은 시간이 걸리는 법이다

삶에서 큰 성공을 위해 노력하는 것은 높은 산을 등정하려고 애쓰는 것과 비슷하다. 두 가지 모두 험난한 위험, 실패 가능성, 도전에 직면한다. 성공으로 향하는 여정에서 당신은 숱한 새로운 문제를 맞닥뜨린다. 또한 그만큼의 새로운 기회와 멋진 경험도 만난다. 목표를 달성하기까지는 생각보다 더 오래 걸릴 수 있음을 머릿속에 새겨 두자. 산은 언제나 실제보다 가까워 보일 뿐만 아니라 가까이 갈수록 더욱 가팔라지기 마련이니까.

꿈을 탐험해 온 당신은 어디에서 성공을 거두고 싶은지 그 영역도 선택했을 것이다. 근사한 음식점을 경영하고 싶을 수도 있다. 환경운동에 공을 세우고 싶을 수도, 대중연설 분야에서 이름을 남기고 싶을 수도 있다. 어느 분야를 선택했든 하룻밤에 당신의 아이디어를 현실로 만들 수는 없다는 점을 잊지 마라. 당신이 재능이 뛰어나든, 머리가 비상하든, 매력적이든 하룻밤 만에 꿈을 이룰 수는 없다.

현대 사회에서는 하룻밤 사이에 뭔가가 이루어질 수 있다는 믿음이 만연해 있다. 어느 날 노래 지도를 한 번 받으면 다음 날에는 뉴욕 매디슨 스퀘어가든에서 열렬한 환호를 받으며 6만 명의 관중들 앞에서 공연할 수 있게 된다는 식이다. 어느 날 일리노이 피오리아 시의 무명배우였다가 다음 날에는 할리우드 최신 블록버스터의 주연급 배우가 된다. 어느 날 MBA 학위를 받고 다음 날 《포춘》지 500대 기업에 드는 기업의 총수가 되어 있다. 이런 식으로 잡지와 신문, 라디오, 텔레비전, 인터넷은 하룻밤 만에 세상을 떠들썩하게 만들 수 있다는 잘못된 믿음을 마구 퍼뜨리고 있다.

사실 하룻밤 만에 유명세를 떨칠 수는 없다. 아무리 온 마음을 기울여 전력투구를 하더라도 결코 안 되는 것이다. 어쩌면 1년, 2년, 심지어는 5년이 지나도 이루어지지 않을 수 있다. 인내심이 중요하다. 삶에서 진정으로 원하는 것이 무엇인지를 깨닫고 명예와 부를 추구하는 데는 충분한 시간을 들여야 한다.

위대한 영화감독 프란시스 포드 코폴라는 "나는 한 10년, 11년쯤 실패를 거듭하고 있다. 그러다가 상황이 바뀌면 모든 것이 바뀔 것이다. 지금은 안간힘을 써서 재정적으로 어려운 시기를 견디고, 영화를 만들며 이런저런 일들을 궤도에 올리려고 애쓰고 있지만." 이라고 말했다. 코폴라가 증명한 대로, 노력하고 기꺼이 기다릴 준비가 되어 있는 사람에게는 결국 좋은 일이 찾아온다.

오늘 당신이 시작하는 중요한 프로젝트는 당신에게 명예와 부, 로맨스, 모험을 가져다줄 수 있다. 그러나 5년, 10년, 아니 25년이 걸릴 수도 있다. 유명한 사람들은 중요하고 어려운 일들을 이루어 낸 덕분에 성공을 거둔 것이다. 심지어 할리우드에서조차 성공은 다른 사람들이 쉽게 지나친 것을 끝까지 붙잡고 매달린 결과이기도 하다. 해리슨 포드는 말했다. "나는 일찍이 성공이란 포기하지 않는 것에 달려 있음을 깨달았다. 이 분야에서 대부분의 사람들은 포기하고 다른 일로 옮겨 간다. 포기하지 않으면 함께 버스에 올랐던 다른 사람들보다 오래 남을 수 있다."

성공에는 오래 버티는 힘이 필요하다. 그리고 성공하기까지 오랜 시일이 걸린다는 사실은 좋은 것이다. 대부분의 사람들은 성공을 잘 다루지 못한다. 특히나 지나치게 빨리 찾아왔을 때는 더욱더. 그렇기 때문에 미국 작가 앨버트 허바드가 경고한 것이다. "당신이 견딜 수 있는 것보다 성공이 빨리 오지 않기를 기도하라." 설령 하룻밤 만에 성공이 가능하다 하더라도 거기서 진정한 만족을 느낄 수 있는 사람은 아무도 없다.

하룻밤의 성공은 동화나 삼류 소설, 삼류 영화에서나 일어나는 일이다. 충분한 시간을 들이고 지나치게 욕심을 부리지 않으면 성공은 생각보다 빨리 다가온다. 영화든 컴퓨터든 어떤 특정한 분야에서 성공을 거두고 싶다면 한동안은 꾸준히 붙박이가 되어야 한다.

올해가 아닌 5년 후, 15년 후에 재계나 정계에서 세계를 정복하겠다는 계획을 세우는 건 어떨까? 그런 식으로 한다면 기회는 훨씬 늘어나게 된다. 무엇보다도 인내심을 갖기를. 무엇이든 가치가 있는 건 시간이 걸리는 법이므로.

12
알고도 행하지 않으면 모르는 것이 낫다

당신은 스스로가 많은 것을 알고 있다고 생각하는가? '지식은 곧 힘'이라는 명제는 현대사회에서 일반적으로 받아들여지는 생각이다. 그러나 지식은 제대로 활용할 때에만 힘이 된다. 지식을 어디에도 사용하지 않고 그저 얼마나 많은 것을 알고 있는지 떠벌리기만 하는 것은 아무짝에도 쓸모가 없다.

불교에는 이런 격언이 있다. "알고도 행하지 않으면 모르느니만 못하다." 지식과 지혜는 가치 있는 것을 성취하는 데 이용되지 않는 한 무용지물일 뿐이다. 세상에 큰 차이를 만들어 내고 싶다면 소중한 가치와 신념을 지니는 것과 더불어 풍부한 지식을 활용하고 삶에서 진정으로 원하는 것을 추구해야 한다.

말보다는 행동이 중요하다. 사소한 행동 하나가 온종일 주절대는 것보다 훨씬 가치가 있다. 옛말을 되새겨 보자. "공급이 언제나 수요를 초과하기 때문에 말은 값이 싼 법이다." 반짝이는 아이디어와 지식은 성공을 이루는 재료이지만, 그 자체만으로는 성공을 낳을 수 없다.

다른 사람을 지켜보며 배울 수도 있지만, 진정한 만족을 위해서 스스로 행동해야 할 때가 있다. 의자에 기대앉아 세상이 돌아가는 모양새를 지켜보는 것은 만족을 얻는 방법과는 거리가 멀다. 오히려 불만족을 얻기

에 그만한 방법도 드물다. 그러나 불만족을 원하는 사람이 과연 얼마나 될까?

세상에 족적을 남기고 싶다면 말을 행동으로 옮겨야 한다. 6세기 고승 달마는 설파했다. "누구나 길을 알지만 실제로 그 길을 가는 사람은 거의 없다." 분명 말은 행동으로 옮겨져야 한다. 어떤 일에 대해 줄곧 중얼대면서 정작 실행하지 않으면 결국 자신에 대한 혐오감만 갖게 된다. 당신의 아이디어는 세상을 바꿀 수 있다! 단 실행이 있을 때에만.

영국의 수학자이자 철학자인 알프레드 노스 화이트헤드는 "아이디어는 그에 따른 무엇이 행해져야 비로소 지속될 수 있다."라고 했다. 내가 아는 한 지인은 수백만 가지 아이디어를 갖고 있는데, 그중 하나를 조곤조곤 설명할 때 그 어느 때보다 행복해 보인다. 그러나 언제나 더욱 많은 아이디어를 생산해 내느라 아무것도 실행하지 못한다. 여기서 알 수 있는 교훈 한 가지. 좋은 아이디어 하나를 실행하는 것이 행동으로 옮기지 않은 백만 가지의 아이디어보다 가치 있는 법이다.

아무리 반짝이는 아이디어라 하더라도 그 아이디어에 대한 믿음과 실행해 나갈 추진력이 없는 한 결코 빛을 볼 수 없다. 직감, 창의력, 의지력은 귀중한 자산이다. 당신의 '반짝이는' 아이디어는 그저 아이디어일 뿐이다. 그리고 말로만 주절대는 한 언제까지나 아이디어로만 남는다. 무언가를 행할 때에만 그 아이디어는 진정으로 반짝이는 것이 될 수 있다.

생각에 들이는 시간을 줄이고 더욱 많은 시간을 행동에 할애해야 한다. 성공하는 사람과 그렇지 못한 사람을 구분 짓는 것은 여행에 직접 참여하느냐이다. 성공을 거두지 못하는 사람들은 행동하지 않는다. 여행 없이는 새로운 목적지란 있을 수 없음에도 직접 여행하기를 꺼린다.

이는 베스트셀러 책을 내는 것부터 당신이 할 프로젝트까지 모두 적용

된다. 당장 오늘부터 행동으로 옮겨 당신이 어디에 닿을 수 있는지 살펴보자. 프랑스의 문학 후원자인 마담 데팡은 지적했다. "거리는 아무 상관없다. 다만 첫걸음이 어려울 뿐."

실천하고 있을 때만 진정 뭔가를 알고 있다고 말할 수 있다. 당신의 삶을 바꿀 과업에 착수할 시간이다. 차이를 만들자. 모험을 하자. 과감하게 나서자. 무엇보다도 해낼 수 있다는 자신감을 갖자. 미친 듯이 하자. 최소한 해 보기라도 하자! 세상은 이러저러한 일이 이루어져야 한다고 중얼거리는 사람보다 직접 팔을 걷어붙이고 나서는 사람들을 환영하게 마련이다.

13
세상에는 확실한 것이 없다

풍요로운 삶을 살고 싶다면 세상에 확실한 것 따위는 없다. 부유하든 가난하든 누구에게나 미래는 불확실하다. 내일은 고통도 기쁨도 올 수 있다. 미래에 벌어질 일들에 대해 당신이 제어할 수 있는 것은 아무것도 없다. 당신이 행하고 있는 프로젝트의 성공은 보장된 것이 아니다. 당신이 얼마나 뛰어난 재능을 갖고 있고, 얼마나 노력을 기울이든지 말이다.

언제든 당신이 세운 최상의 계획에 머피의 법칙이 찬물을 끼얹을 수 있다. 머피의 법칙은 이렇게 말한다. "보이는 만큼 쉬운 것은 아무것도 없다. 세상 모든 일은 예상보다 오래 걸린다. 그리고 뭔가가 잘못된다면, 하필이면 최악의 순간에 그렇게 될 것이다."

머피의 법칙은 긍정적인 생각과는 거리가 멀지만, 그럼에도 기억해 둘 가치는 충분하다. 모든 일이 최악의 순간에 잘못되지는 않지만 많은 일들이 그렇게 된다. 또한 절대 잘못될 수 없는 상황에도 기어코 잘못될 때가 있다!

삶에는 언제나 예상치 못한 방해가 있게 마련이다. 집을 리모델링할 때, 작은 것 하나를 끝내기까지 시간이 배로 드는데다가 비용도 예상을 훨씬 초과하는 경험을 해 본 적이 있는가? 직업, 여행, 결혼 생활, 여가 생활의 계획은 언제나 예상치 못한 부정적인 영향을 받는다. 당신이 세상

을 제어할 수 있을 듯한 기분이 든다 해도 그 느낌이 언제까지나 영원할 거라고는 기대하지 말기를. 내 말을 믿어도 좋다. 그런 일은 결코 없을 테니까. 상황은 변한다. 그리고 언제, 어떻게 변할지는 알 수 없다. 예상치 못한 사건들이 잠시, 하루, 혹은 몇 년 동안 당신의 발걸음을 주춤하게 만들 수 있다. 중요한 변화가 있기 전에 삶이 사전 경고를 보내는 일은 거의 없다. 기대가 컸던 일이지만 때로 완전히 폐기해야 할 때도 있다. 따라서 당신에게 진정으로 중요한 것이라면 예상치 못한 상황에 미리 대비해 두는 편이 현명하다.

확실한 것은 삶이 불확실하다는 것뿐이다. 미래는 변화를 갖고 온다. 요즘 시대에는 변화가 워낙 일상적이기 때문에 순식간에 달라지는 상황에 적응하는 법을 익히는 것이 무엇보다 중요하다. 아무리 발버둥쳐도 변화는 일어나게 되어 있다. 변화가 너무 커서 단기적으로는 무척 고통스러울 수도 있다.

사고방식과 행동양식이 유연한 사람들은 생활과 행동방식에서 대변혁이 일어나더라도 거뜬히 넘길 수 있다. 변화에 창의적으로 대응하는 사람들이 그렇지 못한 사람들보다 장수한다는 연구 결과는 놀라운 일이 아니다. 그런 사람들은 최악의 상황에서도 햇살을 찾아낸다. 이들은 변화가 불편할 수는 있지만 결국 좋은 결실을 맺을 수 있다는 것을 안다.

변화에 저항하는 대신 변화에 대비하자. 그러면 한층 행복하고 편안해질 수 있다. 불확실성의 장밋빛 측면은 삶의 가장 소중한 순간들 역시도 종종 느닷없이 다가온다는 것이다. 예상치 못한 상황 전개에 위협을 느끼는 대신, 그 안에 숨겨진 기회가 있음을 깨달아야 한다. 갑작스런 재난이 당신의 계획에 나쁜 영향을 미칠 수도 있지만, 기대하지 못한 행운을 안겨 줄 수도 있다.

미래에 대해 근심해 봐야 아무 소용이 없다. 미래는 당신의 상상보다 빨리 다가올 것이다. 사람들은 앞으로 벌어질 사건들이 예측하기 어려울수록 더욱 예측에 의지하려는 경향을 보인다. 그러나 미래는 언제나 우리 앞에 있으며, 한 번에 하루씩 온다는 사실을 제외하고는 확실한 통계 따위는 없다. 최상의 방책은 예상치 못한 것을 예상하는 것이다. 확실한 한 가지는 미래가 불확실하다는 것뿐이다. 삶의 여정에서 당신을 도울 수 있는 건 당신의 본능과 창의성뿐임을 믿어라. 그러면 결국은 잘 풀릴 것이다.

14
지나친 안전은 오히려 위험하다

"태초에는 아무도 안전하지 않았다." 미국의 외교관이자 작가인 엘리노어 루스벨트의 말이다. 안전은 대부분의 사람들―모두는 아닐지라도―이 살아가면서 가장 바라는 것 중 하나이다. 그러나 안전하다는 느낌은 기껏해야 환상일 뿐이다. 사실 지나친 안전은 오히려 위험하기까지 하다. 위험을 피하는 것이 결국 더 큰 위험으로 다가오는 일은 생각보다 많다. 우리는 현재 상태에 익숙해지고 편안해지려는 경향이 있다. 심지어는 결코 좋지 않은 상황에서도 그렇다. 예를 들어 우리는 직장생활을 하며 비전 없는 일, 따분한 업무, 부당한 대우를 하는 회사를 견뎌 내곤 한다. 경험해 보지 않은 세계가 두려워 변화를 거부하는 것이다.

당신은 지금 편안하고 예측 가능한 일상에 안착해 있을 것이다. 그러나 당신의 재능을 좀 더 발휘할 수 있는 무엇을 찾아야 할 때가 오게 마련이다. 스스로를 신뢰해야 한다. 본능이 위험을 감수하라고 부추긴다면 생사가 걸린 문제가 아닌 한 자신감을 가지고 도전해 볼 필요가 있다.

선택한 직업에 만족하지 못하고 있다면 지금 당신에게 가장 큰 위험은 직장을 떠나는 것이 아니다. 그만두기에 적정한 때가 오기를 기다리지 말자. 지금 당장 그만두는 것이 최선이다. 적정한 때라는 것은 존재하지 않으니까. 중요한 결정에는 위험이 따르게 마련이다. 로열 뱅크 오브 캐나다에서 최근 실시한 한 연구에 따르면, 안정된 직장을 그만두고 성공을 거둔 기업가들은 모험을 한 것이 자신을 더 강하고 현명하게 만들었다고 대답했다. 역설적이게도 더 큰 위험이 있는 길을 선택함으로써 더 큰 안정을 얻은 것이다.

물론 위험을 감수하는 일은 감각적인 것에 중독된 사람들에게는 위태로운 일일 수 있다. 가진 것을 모두 잃을 위험을 무릅쓰고 달려들지는 말자. 지나치게 과도하거나 불확실한 위험을 감수하는 것은 현명하지 못하다. 현명한 사람들은 계산된 위험을 감수한다. 맹목적인 것이 아닌 똑똑한 위험을 감수하는 것이다. 당신이 쉰 살의 남성이라면 내년에 세상을 떠날 확률은 200분의 1이다. 항상 주변을 맴돌고만 있다면 이제 행복과 만족을 안겨 줄 가능성이 있는 계산된 위험을 감수하는 건 어떨까? 행동을 취하는 데 따르는 위험은 행동을 취하지 않는 데 따르는 위험보다 적다. 삶은 기껏해야 위기로 가득한 여정일 뿐이다. 달콤한 로맨스, 높은 명성, 위대한 성공은 위험을 감수한 이들의 몫이다. 당신은 안전을 택한 나머지 지금 갖고 있는 것만으로 생을 마감할 수도 있다. 어쩌면 그에도 미치지도 못하거나. 반면에 위험을 감수하고 새로운 기회에 도전하면 삶에서 더욱 많은 것을 얻을 수 있다.

위험이 전혀 없는 길로만 여행하면 최종 목적지에 결코 닿을 수 없다. 실현 가능성이 많지 않다는 이유로 자신이 해야 한다고 느끼는 것을 포기해서는 안 된다. 물론 자신들은 엄두도 내지 못하는 일에 달려든다고 당신을 비난할 사람들도 적지 않다. 하지만 그들처럼 당신이 겁쟁이로 남아 있기를 바라는 비난은 무시하기를. 용기 내어 미지의 세계로 뛰어들어 운명이 이끄는 길로 헤엄쳐 가야 할 때다. 자신의 직감과 확신을 따를 용기가 있을 때 행복과 만족은 더욱 가까워진다.

내면의 목소리가 위험을 감수하라고 할 때는 머릿속의 반대를 무릅쓰고 그렇게 하는 것이 최선이다. 이미 검증된 길을 따르는 것이 가장 안전한 방법처럼 보일 수 있다. 어떤 면에서는 분명 그렇다. 그러나 자신만의 길을 개척하는 것이 더 큰 모험과 만족을 줄 것이며, 뚜렷한 발자취를 남길 수 있을 것이다. 이미 많은 사람들이 지나간 길에 흔적을 남기기란 불가능하다.

당신이 선택한 길이 안전한 길이라면, 어쩌면 올바른 길이 아닐지도 모른다. 인생의 마지막에 삶을 되돌아보면 시도했다가 실패한 일들보다 시도조차 하지 않은 일을 후회하는 경우가 훨씬 많다. 위험을 감수하는 것의 미덕은 이 오래된 금언에 잘 압축되어 있다. "무엇인가를 시도했다가 실패하는 사람이 아무것도 시도하지 않고 성공하는 사람보다 훨씬 훌륭하다."

15
집중하고 또 집중하라

미국의 한 성공한 사업가가 엄청난 부를 축적했다. 그는 이제 은퇴를 하고 많은 사람들이 갈망하는 생활을 누리면서 편안하게 생을 즐기기로 마음먹었다. 그러나 불행하게도 그는 여전히 자신이 행복하지 않다는 것을 깨닫고 삶이 너무나 공허하게 느껴졌다. 그래서 그는 삶의 의미를 만끽하면서 살아갈 수 있는 세 가지 비밀을 알고 있다는 도인을 찾아 나섰다.

몇 달을 찾아 헤맨 끝에 사업가는 어느 높은 산의 정상에서 도인을 만났다. 도인은 행복하고 만족스러운 삶을 살 수 있는 세 가지 비밀을 기꺼이 알려 주었다. 사업가는 그 비밀을 듣고 무척 놀랐다. 도인이 알려준 비밀은 바로 이것이었다.

· 집중하라.
· 집중하라.
· 집중하라.

우리는 더욱더 집중해야 한다. 우리는 주변에 무슨 일이 일어나는지 관심을 기울이지 않은 채 몽유병 환자처럼 대부분의 시간을 흘려 보내고

주위의 세상에 집중하면—평범한 것들을 보며 놀라운 것들을 관찰하면—다른 사람들은 보지 못하는 기회를 만날 수 있다. 예를 들어 수익을 얻을 기회—뒤뜰을 포함해—는 우리 주변에 널려 있다. 《1분이 만드는 백만장자》의 공동저자인 로버트 G. 앨런과 마크 빅터는 하다못해 거실에서만 열다섯 가지 이상의 돈 벌 기회를 포착할 수 있다고 주장한다. 주위의 세상에 집중하면 기회가 부족할 일은 결코 없다. 무엇이든 숱하게 발견할 테니까.

깨달음을 얻는 방법에는 익숙한 경험에 새로운 관점을 부여하는 것도 포함된다. 세상을 즐길 수 있는 한 가지 비밀은 유연성을 늘리는 것이다. 네덜란드의 옛 속담에는 "맹인들의 나라에서는 눈 하나인 사람이 왕이다."라는 말이 있다. 주의를 기울이면 다른 사람들은 보지 못하는 수많은 것들을 볼 수 있게 된다.

지각知覺이 모든 것이다. 당신이 보는 것이 당신이 얻는 것이다. 자동조종 장치를 멈추자. 주의를 기울이면 주변에서 흥미롭고 신나는 일들이 수없이 일어나고 있다는 것을 알게 될 것이다. 시야를 바꾸자. 그러면 삶도 바뀔 테니까.

16
현실을 소중히 할 때 현실도 당신을 소중히 여긴다

선종에는 "이해하면 사물은 본래의 사물일 따름이다. 이해하지 못한다 해도 사물은 본래의 사물일 따름이다."라는 말이 있다. 달리 말하면 우리가 삶에 대해 얼마나 이해하는지에 상관없이 현실은 그대로라는 것이다. 살아가는 데 있어 우리의 발목을 붙잡는 가장 큰 장벽 중 하나는 실제의 삶과 마땅히 그렇게 살아야 한다고 여기는 삶 사이의 괴리이다.

세상에 대한 잘못된 기대는 우리의 심리를 마비시킬 수 있다. 그러나 많은 사람들은 실제의 모습을 직시하고 받아들이기보다 마땅히 그래야 한다고 이상화하는 데 지나치게 많은 시간을 보낸다. 이론적인 개념을 만들어 내고는 그 개념에 맞춰 살아가려고 애쓰는 것이다.

불행하게도, 세상에 대한 당위성의 판타지는 실제 세상을 보는 시각을 흐릿하게 만들곤 한다. 현실성을 잃고 원하는 대로 일이 돌아가지 않는다고 고민하기도 한다. 극단적인 경우에는 부정적인 사건들에 압도되어 버리기도 한다.

현실은 삶이라는 게임을 수행하는 데 일정한 규칙을 제공해 준다. 누구나 이런 규칙을 배워야 한다. 규칙도 익히지 않은 채 게임에 뛰어들겠다고 우기는 것은 어리석을 뿐이다. 가혹하더라도 현실을 존중해야 한다. 현실을 함부로 여기면 현실은 번번이 딴죽을 걸게 마련이다. 반대로 현실을 함부로 여기지 않으면 현실 또한 당신을 함부로 여기지 않을 것이다. 현실은 당신의 의도에는 아무 관심이 없다. 중력—그리고 현실—을 좌지우지하겠다고 10층짜리 건물의 지붕 위를 걷는다면 호된 대가를 치를 수밖에 없다. '이번 주 무뇌아 대상'의 수상자가 될 수 있을지는 몰라도 그것이 다. 당신이 인류애를 키우기 위한 새로운 상품을 시험하고 있을지라도 현실은 아무 관심이 없다. 당신의 의도가 아무리 훌륭하다 해도 현실에는 눈곱만큼의 차이도 생기지 않는다는 것이 진실이다.

실제 삶은 당신이 바라는 삶의 모습 따위에는 관심도 없다. 물론 부유한 사람들은 더 적게 벌고, 가난한 사람들은 더 많이 벌어야 마땅하다. 모든 사람들에게 공공의료가 제공되어야 마땅하다. 출근 시간이 한 시간 반에서 20분으로 단축될 수 있도록 정부에서 교통 문제를 해결하는 데 온 힘을 기울여야 마땅하다. 정말 근사하지 않은가? 이러한 상상력을 맘껏 발휘하기는 쉽다. 그럼에도 이러한 상상을 하느라 많은 시간을 들이든 말든 달라질 것은 아무것도 없다. 삶은 여전히 그 모습 그대로 남아 있을 테니까.

암스테르담에 위치한 한 성당의 명판에는 이런 글귀가 새겨져 있다. "있는 그대로일 뿐 다른 것은 아니오니." 그렇다고 해서 혐오스러운 무엇인가를 변화시킬 생각을 하지 말라는 뜻은 아니다. 변화시킬 생각을 하고 실행도 하자. 그러나 변화시키려는 시도를 하는 사이에도 여전히 현실을 다루어야 한다. 예상치 못한 사건들이 당신의 계획에 차질을 줄 수도 있다. 어떤 결실을 보기까지는 숱한 피와 땀방울, 눈물을 흘려야 할 수도 있다. 아니, 아예 아무런 결실을 보지 못할 수도 있다. 애를 쓰는 만큼 훨씬 수월해져야 마땅하겠지만, 실제로는 결코 그렇지 않다.

때로는 너무 가혹하다 하더라도 현실을 직시해야 한다. 쓰디쓰더라도

현실을 직시하면 당신의 삶에 경이로운 일이 일어날 수 있다. 마땅히 그래야 한다는 당위에서가 아닌, 지금 있는 그대로 살기 시작하는 그날부터 삶은 놀라울 만큼 변화될 수 있다. 올바른 태도와 충분한 노력을 기울이면 현실은 판타지보다 더 흥미롭고 큰 결실을 맺게 해 준다는 점을 잊지 말자.

삶은 기대나 주장에 따라 움직이지 않는다는 점을 잊지 말자. 있는 그대로의 현실을 받아들이면 당위성의 구속으로부터 자유로워질 수 있다. 실망은 실제의 모습과 다른 우리의 믿음에서 비롯된다. 삶을 있는 그대로―당신이 원하는 것을 반영한 판타지가 아니라―봐야만 행복이나 만족을 얻을 수 있다.

레니 브루스는 말했다. "실제가 진리이며 당위성은 빌어먹을 거짓이다." 실제와 당위성 사이의 괴리가 클수록 우리의 거짓된 삶은 더욱 부풀려진다. '삶은 체리로 가득한 그릇이어야 한다'는 생각에서 벗어나자. 그렇지 않으면 당신이 얻게 될 것은 신경쇠약뿐이다.

17
변명거리는 사방에 널려 있다

안타깝게도 사람들은 자신의 단점과 삶의 장애물들을 설명하는 도구로 남을 탓하고 변명을 일삼는다. 현 상태에서 벗어나지 못하는 다양한 핑계들과 사랑에 빠져 있다. 많은 사람들이 실제로 자기 자신의 변명을 철석같이 믿지만, 그 변명들이 가치 있는 목표와는 거리가 멀다는 것은 깨닫지 못한다. 변명은 거짓말이다. 다른 사람들과 자신을 기만하기 위해 진실인 것처럼 고의로 꾸며 내는 거짓 진술일 뿐이다.

변명은 누구나 쉽게 뚝딱 만들어 낼 수 있다. 가장 사랑받는 변명에는 이런 것들이 있다. 아이들에게 얽매여 있지 않았더라면, 더 좋은 교육을 받았더라면, 더 나은 부모에게서 태어났더라면, 경제상황이 더 좋았더라면, 타고난 배경이 더 나았더라면, 이렇게 빚이 많지 않았더라면, 내 코가 이렇게 높지 않았더라면…….

삶을 향상시키지 못하는 이유를 스스로에게 납득시키려면 아마도 새로운 변명 몇 가지—이미 즐겨 쓰고 있는 것들 외에도—가 더 필요할지도 모르겠다. 당신의 수고를 덜어 주기 위해 내가 도움을 주려 한다. 나 역시 한때는 변명의 달인으로, 변명 갖다 붙이기를 포기하기 전까지 변명 제조 분야에서 타의 추종을 불허하는 사람이었다. 여기, 데이비드 레터맨조차 부러워할 주옥같은 변명 몇 가지를 소개한다.

삶을 향상시키지 못하는 변명들 TOP 10

1. 좋은 삶을 살기 위해서는 에디슨이나 아인슈타인의 자손쯤은 되어야 해.

2. 예전에 코피를 쏟은 적이 있는데, 너무 애쓰다가 또 코피를 쏟게 되지 않
   을까 두려워.

3. 미국이라는 회사에 소속되어 있는 내가 이 고약한 직업을 때려치우고 꿈
   에 그리는 직업을 찾아간다면 버락 오바마는 나를 애국적이지 못하다고
   생각할걸.

4. 꿈꾸던 직업을 찾아갔는데 생각보다 재미없으면 어쩌지?

5. 세 번이나 이혼해서 아이가 적어도 열두 명쯤 되겠어.

6. 난 과거에 사는 편이 더 좋아. 내 삶의 대부분은 과거에 이루어졌으니까.

7. 난 천식이 있어. 물론 그보다 훨씬 심각한 장애를 지닌 사람들이 성공을
   거둔 예는 많지만, 그 사람들도 천식이 얼마나 고통스러운지는 모를걸.

8. 따분하고 우울하기는 하지만 그래도 그럭저럭 만족해.

9. 강아지가 죽어서 빨리 다른 강아지가 있어야 해.

10. 좋은 사람들의 모임에 끼고 싶은 마음은 있지만 잘 어울릴 수 있을지 겁
    이 나.

이 정도면 충분하고도 남을 것이다. 어쩌면 당신은 이것들 중 몇 가지를
기억해 두고, 살아가면서 맞닥뜨리는 난관에 언제라도 갖다 붙여야겠다
고 생각할지도 모르겠다. 특히나 난관을 야기한 일에 대한 책임을 지고
싶지 않을 때는 더욱더. 유대의 격언에는 "뭔가를 하고 싶지 않을 때 갖
다 붙일 변명은 사방에 널려 있다."라는 말이 있다.
솔직해지자. 우리는 왜 더 나은 성공을 거두지 못했는지를 합리화하는

데 능숙하다. 나는 지금까지 최소한 1만 번 이상 그렇게 했고, 여전히 같은 함정에 빠지곤 한다. 그러나 그 누구도 변명으로는 행복해질 수가 없다. 변명은 스스로를 다치게 할 뿐이다.

중요한 일을 성취하지 못한 이유에 대해 그럴듯한 변명을 만든다면 배에 오르기도 전에 난파한 격이나 다름없다. 사실상 모든 변명 제조가들은 모든 일에 늑장을 부리는 사람들과 같은 속도로 움직인다. 중요한 것을 지체시키려고 이런저런 변명을 갖다 붙이니 말이다.

그러나 중요한 일에 꾸물대서는 안 된다. 현재의 직업에서 영감을 얻지 못한다면, 날마다 새롭고 흥분되는 무언가를 배우지 못한다면, 머리가 둔해지기 전에 지금의 직업에서 벗어나야 한다. 변명은 금물! 마크 트웨인은 이렇게 말한 적이 있다. "모든 실패에는 1천 가지의 변명이 있지만 그럴싸한 이유는 한 가지도 없다."

변명은 편리하다. 그러나 언제나 그렇듯 모든 편리한 것에는 어두운 그늘이 있게 마련이다. 변명을 없애지 못하면 성공을 거둘 수 없다. 역으로 변명을 이용하지 않는다면 자신이 할 수 있다고 생각하는 것보다 훨씬 큰 성공을 이룰 것이며, 결과적으로 이 세상에 큰 변화를 일으킬 수 있다.

18
자기 연민에는 돈이 들지 않지만 값어치도 딱 그만큼

왜 그리도 많은 사람들이 어떤 상황에서든 힘을 내어 긍정적인 일을 해내는 대신 자진해서 피해자가 되는 것일까. 이 점은 성공을 거둔 사람들이 생각하기에 엄청난 수수께끼이다. 피해자가 되는 것이 근래 하나의 유행처럼 보일 지경이다. 언론에서는 언제나 기사화할 피해자를 찾는다. 피해 의식이 거부감 없이 수용되는 사회—심지어 어떤 경우 바람직하다고까지도 여겨지는 사회—에서 피해자가 되기를 거부하고 세상에 긍정적인 차이를 만들어 낼 힘을 가지려면 강인한 인성이 필요하다.
물론 세상에는 수많은 피해자들이 존재한다. 범죄자나 음주 운전자, 폭력적인 정부 탓에 피해를 입은 사람들은 당당히 자신의 어려움을 호소하고 정의를 요구할 권리를 갖고 있다. 그러나 나는 진정으로 피해를 입은 사람이라도 언제까지나 피해자로 남아 있어서는 안 된다는 말을 하고 싶다. 피해자에게는 일정한 시기가 지나면 더 이상 아무런 보상도 받을 수 없다. 유머 작가 조시 빌링스의 재기 넘치는 말을 기억해 두자. "자기 연민에는 돈이 들지 않지만 값어치도 딱 그만큼이다."
피해 의식은 너무도 수월하고 떨치기 힘든 유혹이다. 그리고 많은 이들이 실제로 그렇지 않을 때도 자신을 피해자로 여긴다. 세상을 적으로 여긴다. 자신의 불행과 외로움은 사회나 부모, 국가 경제, 혹은 세상 탓이

다. 피해 의식을 지닌 사람들은 자신이 가진 엄청난
에너지를 책임을 회피하고 삶에 대한 불평을 늘어
놓는 데 쓴다. 실망과 탄식을 자초하며, 가치 있는 것
을 성취하는 경우가 거의 없다. 피해자 역할을 오래
하다 보면 그 역할에 익숙해져서 안정감이 생기고
편안해질 수도 있다. 그러나 대가는 아무것도 없다.
불행했던 과거를 극복하고 불확실한 미래와 맞닥뜨
려야 할 때, 피해자 역할을 하는 것은 삶을 체계화
하는 것과는 거리가 멀다. 결과를 직시해야 한다. 피
해 의식을 가진 사람들은 몇 달, 심지어는 몇 년씩
외부를 탓하며 자신의 문제를 처리할 책임을 지지
않으려고 한다. 자신을 어쩔 수 없는 숙명의 피해자
로 여기는 한 결코 행복을 맛볼 수 없다. 그들은 삶
을 즐길 수 있는 순간에도 즐기지 말아야 하는 이유
를 기어코 찾아낸다. 피해자라는 그들의 정체성은
어떤 대가—심지어는 행복까지도—를 치르더라도
보전되어야 하기 때문이다.
《당신의 정신과 의사를 해고하라》에서 저명한 심리
치료사인 미셸 와이너 데이비스는 피해 의식에 초
점을 맞추고 있다. 그녀는 정신과 의사를 찾는 대부
분의 사람들에게 치료가 소용이 없는 이유를 설명
한다. 이 책에는 과거에 피해 의식으로 고통을 받았
지만 이제는 삶의 변화를 가져온 사람들이 등장한
다. "꿈에 그리던 생활을 하는 이들은 이리저리 재

며 비교하는 짓을 그만두고 몸소 뛰어든 사람들이다. 이제는 친구나 가족들, 또는 치료사에게 하소연하기를 멈춰야 한다는 걸 깨닫고 직접 삶을 살기 시작한 사람들이다. 행동 없이 변화란 있을 수 없다."

자신이 참 가엾다는 생각이 든다면 '자기 연민에는 돈이 들지 않지만 값어치도 딱 그만큼'이라는 점을 기억하자. 환경이 삶에 얼마나 영향을 미치는가에 상관없이 당신은 환경에 대한 반응을 언제든 조절할 수 있다. 자신의 생각과 행동에 책임을 지면 다른 사람이나 사회, 혹은 정부에 책임을 전가할 필요가 없어진다.

삶의 진정한 성취는 세상에 중요한 변화를 만드는 데 있다. 물론 말보다 행동이 중요하다는 점은 두말할 필요도 없을 것이다. 당신은 아마도 스스로가 해낼 수 있는 것에 대한 한계를 두고 있을 것이다. 중요한 것은 삶이 당신을 대하는 방법이 아니라 당신이 어떻게 반응을 하느냐이다. 역경 속에서도 기회를 찾으려고 애를 쓴다면 기회는 찾아지게 마련이다. 앞에 놓인 기회를 적극적으로 활용하자. 그러다 보면 피해자가 될 틈도 없을 테니까.

19

피해자가 될 것인가, 성공한 사람이 될 것인가

안타깝게도 피해자 게임은 대부분의 사람들에게 너무도 쉽고 저항할 수 없는 유혹이다. 스스로 피해자가 되는 이들에게 인상적인 점은 책임을 회피하고 삶을 복잡하게 만드는 데 놀라울 만큼의 에너지를 쏟아붓는다는 것이다.

적어도 당신은 피해자 역할의 함정에 자주 빠지지 않기를 바란다. 그런 사람들이 성공을 거두는 경우는 거의 없으니 말이다. 스스로 피해자라고 주장하는 것은 "내가 세상의 중심이에요."라고 말하는 것이나 다름없는, 극한의 이기적인 표현이다. 당신이 피해자 게임을 벌이고 있다면 "내가 세상의 중심이에요."라고 쓰여 있는 티셔츠를 한 장 구해 입기를. 사실 당신은 세상의 중심이 아니다. 지금까지도 그래 왔고, 앞으로도 그러할 것이다. 세상은 65억의 인간들로 이루어져 있고, 그들 중의 상당 수가 이런저런 방식으로 '내가 이 세상의 중심'이라고 생각하고 있다. 진정 당신이 세상의 중심이라 생각한다면 무엇이든—가능한 한 무엇이든—자신을 위해 해 보자. 65억 중 누군가 당신을 위해 무언가를 해 주리라고는 기대하지 말자. 그러려면 오래, 정말이지 오래도록 기다려야 할 테니까.

피해자는 시도 때도 없이 언제나 불평을 늘어놓는다는, 실로 믿기 힘든

능력으로 정평이 나 있다. 무엇에서든 성공을 거두고 싶다면 불평은 당신이 할 수 있는 최악의 일이다. 불평은 당신을 언제까지나 고통받는 사람으로 놔둘 뿐 당신을 자유롭게 하기 위해 어떤 일도 하지 않는다. 계속해서 피해자 행세를 한다면 당신은 깊은 구렁텅이에 빠져 있는 셈이다. 그리고 그 구렁텅이와 무덤의 차이는 단 하나, 그 너비일 뿐이다!

구렁텅이에서 빠져나오고 싶다면 피해자 역할은 그만두어야 한다. 자신의 단점에 책임을 전가해 왔다면 이제는 그만둘 때이다. 내일? 아니 오늘 당장! 사회 탓은 그만하자. 교육 제도를 탓하는 것도 그만하자. 정부 탓도 이제는 그만이다. 대통령을 탓하는 것도 그만하자. 경제도 더 이상 탓하지 말자.

그러다 보니 수수께끼는 깊어진다. 그러면 탓할 대상이 누가 남았을까? 물론 당신 자신이다! 지금 처한 상황에 책임이 있는 사람이 누구일까? 독일의 시인 라이너 마리아 릴케는 이렇게 일깨워 준다. "일상이 보잘것 없어 보인다고 당신의 일상을 탓하지 마라. 오히려 자신을 질책하라. 당신이 일상의 풍요로움을 표현할 만한 시인이 되지 못했다고 스스로에게 이야기하라."

긍정적인 방식으로 자신을 탓하는 것은 자신의 단점과 취약점을 대하는 최상의 방법이다. 예를 들어 어떤 계약서나 합의서에 서명을 하고 난 뒤 그 조건이 애초에 생각했던 것보다 자신에게 유리하지 않다는 것을 알게 되었다고 해서 다른 사람을 탓한들 아무 소용이 없다. 깨알 같은 글씨를 보지 못한 것은 다른 누구의 잘못도 아닌 당신의 잘못이다. 계약서에 기재된 역할을 완수하는 것 외에 다른 대안은 없다. 기대했던 것만큼 얻지는 못하겠지만 그래도 기대하지 않은 그 외의 것을 얻었을 것이다. 바로 앞으로는 깨알 같은 글씨라도 세세하게 읽어야 한다는 교훈 말이다.

긍정적으로 자신을 탓하기 시작하는 바로 그때가 제대로 된 삶으로 걸음을 내딛기 시작하는 때이다. 승리자는 스스로를 탓한다. 패배자는 남을 탓한다. 당신도 현대 사회의 다른 사람들과 마찬가지로 금전적으로 쪼들리고 있는가? 남들보다 나은 재정적 위치를 확보하고 싶다면 스스로를 탓하자. 누구도 아닌 당신이 자초한 일이다. 이제는 조절해 가면서 소비를 줄이거나 혹은 수입을 늘릴 방법을 찾아야 한다.

선택은 당신의 몫이다. 피해자가 될 것인가 성공할 것인가. 그러나 둘 다는 할 수 없다. 피해 의식에 동반되는, 스스로가 자초한 고통으로 말미암아 시작도 하기 전에 패배의 길에 4분의 3은 들어서 있는 꼴이 되고

싶은가? 다른 사람을 탓하다 보면 당신은 그 길로 완전히 들어서서 결국에는 영원한 패배를 맛보게 될 것이다.

믿기지 않는다고? 나는 이제까지 언제나 남을 탓하며 의미 있는 성취를 얻지 못한 데 대해 이런저런 변명을 갖다 붙이는 사람이 등장하는 시상식은 본 적이 없다.

20
당신을 지루하게 만드는 것은 바로 당신

프리드리히 니체는 물었다. "인생은 지루함을 느끼기에는 너무도 짧지 아니한가?" 대답은 분명히 "그렇다!"이다. 그럼에도 지루함은 수많은 현대인들에게 영향을 미치고 있다. 지루함은 삶의 의미를 빼앗고 활력을 갉아먹는다. 지루함은 게으르고 할 일 없는 사람들에게만 영향을 미치는 듯 보이지만, 높은 위치에 오르고 많은 보수를 받는 사람들에게도 영향을 미친다.

지루함은 살아가면서 누구나 느낀다. 우리가 안간힘을 쓰며 추구하는 것들이 결국에는 우리를 지루하게 만들기도 한다. 새로운 직업도 시간이 지나면 지루해진다. 흥미로운 인간관계도 따분해질 수 있다. 한때는 소중하게 여겼던 여가 활동도 나중에는 시간 낭비로 느껴질 수 있다. 활기찬 뉴욕도 몇 년 살다 보면 결국에는 따분하고 지루해질 수 있다.

지루함을 극복하는 열쇠는 스스로 책임을 지는 것이다. 특히 성인으로서 첫 번째 단계를 따분한 직업에 낭비했다면, 당신은 성인으로서 두 번째 단계를 따분한 은퇴 생활에 허비하는 사람들처럼 되고 싶지는 않을 것이다. 리처드 바크는 경고했다. "자유롭고 행복하게 살려면 지루함을 희생해야 한다. 언제나 손쉬운 희생은 아니지만."

자유를 소중하게 여기고, 다룰 줄 아는 사람은 지루할 틈이 없다. 성장하고 선택할 수 있는 능력은 균형 잡힌 생활을 보장해 주는 자유 시간을 다루는 데 꼭 필요한 요소이다. 불행하게도 모든 사람들—심지어는 고등 교육을 받은 지성인들조차도—이 자유를 다루고 지루함을 피하는 이 같은 능력을 갖추지 못하고 있다.

고등교육을 받은 사람이 직장에서는 탁월한 성과를 보이면서도 여가시간을 보내는 데는 형편없을 수 있다는 점은 존재의 서글픈 일면이다. 반면 교육과 지성, 수입 정도에 있어서 천차만별인 수백만의 사람들이 직장 일에서처럼 여가를 추구하는 데도 행복하고 활동적인 모습을 보일수 있다는 것은 존재의 긍정적인 일면이 된다.

삶이 흥미롭게 추구할 만한 것들을 수없이 제공해 주고 있다는 점을 감안하면, 지루해지는 것은 삶에서 은퇴하는 것이나 다를 바 없다. 여가 생활은 단순히 일하거나 자고 있지 않을 때 하는 무엇 이상이어야 한다. 지루함과 우울함을 피할 수 있는지는 여가 활동의 성격에 따라 달라진다. 소파와 냉장고, 텔레비전을 친구로 삼는 엄청난 실수를 저질러서는 안된다. 이 세 가지는 지루함을 낳을 뿐만 아니라 당신의 정신적, 신체적 건강을 좀먹는다.

하다못해 '지루함'이라는 단어는 당신 사전의 일부가 되어서도 안 된다. 프랑스의 소설가 쥘 르나르는 말했다. "지루해지는 것은 스스로에 대한 모욕이다." 당신은 흥미로운 활동을 추구할 능력을 갖고 있다. 창조적인 표현은 삶의 자연스런 모습이다. 삶은 언제나 모험과 경이로운 발견의 연속이라고 주지하자. 당신의 깊은 내면은 따분한 사람이 아닌 창의적인 사람이다.

너무나도 지루해서, 하다못해 쏟아져 내린 쓰레기 더미에도 열광할 판이라면 자신의 지루함에 책임이 있는 사람이 누구인지 돌이켜보자.

지루함을 극복하기 위해서는 근원을 찾아야 한다. 근원이 하나뿐이라는 것은 자명하다. 아직도 깨닫지 못했다면 웨일스의 시인 딜런 토머스의 현명한 말이 도움이 될 것이다.

"누군가 나를 지루하게 만든다…… 그것은 아마도 나이리라."

바로 그렇다! 뭔가가 당신을 지루하게 만들고 있다면 그 무언가는 바로 당신일 것이다. 지루함을 다루기란 사실 조금도 어렵지 않다. 좋아하는 일, 늘 하고 싶었던 일을 분주하게 해 보자. 자신의 지루함에 전적으로 책임을 지는 것은 지루함을 없애 버릴 수 있는 창의적인 힘이 되어 줄 것이다.

21
근심 걱정은 쓸모가 없다

사소한 일―때로는 중요한 일도―에 걱정하는 것은 현대사회에 인기 있는 활동 중 하나이다. 워낙 근심이 만연한 나머지 사람들은 하루에도 몇 시간을 이 미심쩍은 활동에 보내곤 한다. 펜실베니아 주립대학의 상당수의 미국인들이―정확히는 15퍼센트―날마다 50퍼센트 이상의 시간을 자신들의 삶에 대해 근심하면서 보낸다고 한다.

근심하는 데 하루에 몇 시간이나 보내고 있는가? 이 점에 대해 진지하게 고민해 볼 필요가 있다. 하루 한 시간이라면 1년에 365시간을 근심하며 보낸다는 뜻이다. 하지만 일주일에 한 시간이라도 이런 활동을 하기에는 지나치다. 당신은 근심이란 대개 스스로 자초한 것이며, 그중 대부분이 아무 쓸모가 없다는 사실을 이미 잘 알고 있을 것이다.

근심은 귀중한 시간을 앗아가는 활동일 뿐이지만, 과도한 근심은 한층 심각한 결과를 가져올 수 있다. 북아메리카 인들의 대략 3분의 1이 근심 때문에 심각한 정신적 문제를 안고 있다고 주장하는 연구자들도 있다. 근심은 스트레스와 두통, 공황장애, 궤양, 그 외에도 숱한 질병을 안겨 줄 수 있다.

안타깝게도 우리는 별로 중요하지도 않은 일들을 걱정하느라 지나치게 많은 시간을 보낸다. 예를 들어 매트리스나 베개에 붙어 있는 '제거하지

마시오'라는 꼬리표를 본 적이 있는가? 하지만 그 꼬리표를 뗀다 하더라도 나쁜 일은 아무것도—정말이지 아무 일도—일어나지 않는다.

연구에 따르면 근심의 40퍼센트는 결코 일어나지도 않을 일에 대한 것이며, 30퍼센트는 이미 일어났거나 혹은 변화시키기에는 너무 진척이 된 일에 대한 것이고, 22퍼센트는 사소한 일들에 대한 것이며, 4퍼센트는 변화시킬 수 없는 사건들에 대한 것이며, 겨우 4퍼센트만이 우리가 영향을 미칠 수 있는 실제 상황에 대한 것이라고 한다.

이 말은 우리가 하는 근심의 96퍼센트가 순전히 시간 낭비일 뿐이라는 뜻이다. 어찌해 볼 수 없는 상황에 대해 근심하고 있으니 말이다. 4퍼센트에 대해 영향력을 행사할 수 있기는 해도 그것도 낭비이긴 마찬가지이다. 요점은 우리가 근심하는 내용의 100퍼센트가 아무 쓸모없다는 것이다. 그러니 미치 챈들러가 이런 결론을 내린 것이다. "근심은 눈뭉치에 붙은 손잡이처럼 아무 쓸모가 없다."

근심을 다루는 한 가지 방법은 그 원인이 된 생각에 도전하는 것이다. 두려워하는 사건이 정말 일어날 확률이 얼마나 될까? 만일 그 일이 일어난다면 최악의 시나리오와 최선의 시나리오는 무엇일까? 삶에 심각한 영향을 미치지 않고 비슷한 사건을 성공적으로 다룬 적은 없었던가?

근심을 다루는 또 다른 방법은 긍정적인 사건들에 흠뻑 빠져드는 것이다. 뭔가 긍정적인 것에 몰두하는 일은 근심에서 벗어나는 데 놀라운 힘을 발휘한다. 삶을 근심 대신 희망과 꿈, 창조적인 추구로 가득 채워 보자.

모든 근심이 시간 낭비이며 근심은 우리 삶에 아무런 긍정적인 영향을 미칠 수 없다. 대부분의 시간을 걱정만 하고 있다면 돈을 벌 획기적인 아이디어를 고안하거나 진정한 성공을 거두기는 어렵다. 설령 한두 가지 창의적인 아이디어를 고안한다 하더라도 결국 그 아이디어는 무용지물이 되기 십상이다. 근심에 싸여 그 아이디어를 실행할 엄두를 내지 못할 테니 말이다.

대부분의 사람들은 근심이 뭔가 가치 있는 목적을 이루어 낼 것이라고 생각하지만 실상은 정반대이다. 근심의 최종 결과는 결국 모두 쓸데없다는 것뿐이다. 극단적인 경우 근심은 문제를 악화시키기만 한다. 두려움과 근심은 당신이 안고 있는 문제를 해결하고 목표를 달성하는 데 아무런 도움도 되지 못한다. 도리어 이러한 감정들은 당신에게서 에너지를 앗아 가고, 당신이 획득할 자격이 있는 바람직한 것들을 얻지 못하도록 방해한다.

과도한 걱정은 창의력을 발휘하는 데 걸림돌이 될 뿐만 아니라 우리의 목표와 희망, 열망, 꿈, 생산성 모두를 좀먹기도 한다. 걱정하고 근심하는 것은 망원경으로 고약한 이웃을 엿보는 것이나 다를 것이 없다. 문제는 사라지지 않는다. 오히려 실제보다 훨씬 크게—당연히 더욱 고약하게—보일 뿐.

22
행동하지 않으면 문제는 평생 따라다닌다

꾸물거리는 능력만큼 쉽게 얻을 수 있는 능력도 없다. 우리는 일을 마냥 미루는 경향이 있다. 사실상 대부분의 사람들이 시간 낭비에 관해서라면 안내서도 능히 쓸 수 있을 정도다. 그러나 그것을 한데 모아 정리할 여유는 결코 갖지 못한다. 왜냐하면 해야 할 중요한 활동이 언제나 넘치기 때문이다. 예를 들면 잠자기, 텔레비전 보기, 연예기사를 찾아 인터넷 서핑하기, 아무 짝에도 쓸모없는 SNS 확인하기 등.

중요하지 않은 일이나 과제를 연기하는 것은 나쁠 것이 없다. 문제는 중요한 것은 계속 미루면서 별로 중요하지 않은 일을 하느라 시간을 쓰는 데 있다. 헤브라이의 기도서인《마흐조어》의 한 구절에는 다음과 같은 말이 있다. "내일에 대한 기약도 없고 한 번에 하루밖에는 허락되지 않는 세상에서 우리는 종종 너무 오래 기다리느라 오늘 해야 할 일을 하지 못한다."

질서 있는 삶이란 가치 있는 과제를 시작하고 완수하는 데 있어 자신의 기대치를 충족시키는 데 있다. 긴요한 집안일이나 심부름, 요청을 미루는 것은 자신의 자긍심에 악영향을 줄 뿐만 아니라 건강에도 해롭다. 여러 조사에 따르면 꾸물거리기는 스트레스를 유발하기 때문에―그리고 스트레스는 건강에 해롭다―늑장이 습관화된 사람들은 두통이나 위장

질환, 요통, 감기, 여타 감염증에 걸릴 확률이 높다고 한다. 누구나 꾸물거리는 면은 있기 때문에 삶의 모든 면에서 늑장을 부리는 사람들만으로 그 대상을 한정한 조사 결과였다.

한 그라피티 작가는 "꾸물거리기는 과거를 따라잡는 기술이다."라고 단언했다. 어쩌면 당신은 저절로 사라져 주기를 바라면서 골칫거리를 무시하고 싶은 유혹을 느낄지도 모른다. 사소한 일은 무시한 채 저절로 해결되기를 기다려도 별 상관없겠지만, 아예 존재하지도 않는 척한다고 해서 중요한 문제에서 벗어날 수 없다. 불행하게도 중요한 문제들은 직시하지 않으면 저절로 사라지기는커녕 도리어 눈덩이처럼 불어나는 습성을 갖고 있다. 심지어 어떤 사소한 일들은 지나치게 오래 놔두면 큰일이 되기도 한다.

문제를 되도록 빨리 직시하고 극복하는 것보다 더 좋은 방법은 없다. 문제를 다루는 과정은 단기적으로는 유쾌하지 않고 스트레스를 줄 수도 있지만, 제대로만 한다면 그 혜택은 오랫동안 지속될 것이며, 삶을 획기적으로 변화시킬 수도 있다. 행동하지 않으면 문제는 평생토록 남아 있게 된다.

오늘 중요한 과제를 미룬다는 것은 그 상태가 어제와 똑같은 채로 내일도 계속된다는 의미이다. 무엇을 해야 할지 깨닫기는 했지만 알 수 없는 이유로 미루게 되는 때가 있을 것이다. 그러나 무슨 수를 써서든 자발적으로 시작해야 한다. 그 과제가 당신에게 중요한 것이라면 당장 행동에 나서야 한다. 첫 번째 발걸음을 내딛기는 버겁지만 한 발짝만 내디디면 전투의 절반은 이미 시작한 셈이다.

코미디언 스티븐 라이트는 이런 우스갯소리를 한 적이 있다. "요즘 책을 쓰고 있어요. 페이지를 다 매겨 놨답니다." 꾸물거리기가 그 흉측한 얼

굴을 들이미는 또 다른 영역은 일단 착수는 했되 부분적으로만 완수했을 때이다. 시작이 전투의 절반일지는 몰라도 그 가속도를 계속 이어 나가야 한다. 지금 앞에 놓인 과제가 조금이라도 중요하다면 새로운 것을 개시하기 전에 완수하는 게 상책이다.

당신의 목표는 내일을 바라보는 것이지 과거를 따라잡기에 급급한 것은 아닐 것이다. 그렇다면 오늘은 이 의미심장한 과제를 위해 계획을 세울 시간이다. 가치 있는 것이 무엇인지 결정을 내렸다면 변명을 찾지 말고 오늘 당장 시작하자. 내일이 아닌 오늘이 당신의 건강과 멋진 외모를 위해 운동할 시간이다. 내일이 아닌 오늘이 야근하는 대신 아이들과 신나게 놀아 줄 시간이다.

꾸물거리는 습관을 극복하는 데는 계획과 노력, 의지력, 자신감이 필요하다. 스스로 할 수 있다고 믿는 사람은 할 것이고, 믿지 않는 사람은 못할 것이다. 좋은 소식 한 가지가 있다. 연구자들에 따르면 누구나 나이가 들면 꾸물거리지 않는 법을 배워 훨씬 덜 꾸물거리게 된다고 한다. 주요한 과제들을 기꺼이 떠맡게 되면 자신의 삶을 책임지고 더 나은 것들, 더 원대한 것들을 향한 노정에 발을 들이게 된다. 당신은 불행하게 어제를 따라잡는 대신 행복하게 내일을 맞는 길에 들어서 있다.

23

잃어버릴 거라면 비싼 양말을 사지 마라

평안하고 만족스러우며 행복한 삶을 살기를 바라는가? 그렇다면 당신
이 지닌 가장 강력한 자산 한 가지를 체계화하는 것에서부터 시작해 보
자. 우리는 이미 스스로가 잘 정리되어 있을 때 삶이 얼마나 유리하게 돌
아갔는지, 정리되지 못했을 때 상황이 얼마나 걷잡을 수 없었는지를 알
고 있다.

누구든 태어날 때부터 체계적이지는 않다. 체계화는 살아가면서 습득하
는 기술이다. 체계화된 사람은 중요한 과제를 완수하고 지속적으로 목
표를 달성하기 때문에 삶에서 최상의 것을 이끌어 낼 수 있다. 이들은 잃
어버린 것을 찾아 헤매거나 시간을 소모하는 일의 반복 등 사소한 행동
들로 산만해지지 않기 때문에 시간을 낭비하는 일이 거의 없다. 무엇보
다도 자신이 좋아하는 일을 하고 자신이 아끼는 사람들과 보낼 시간을
확보할 줄 안다.

체계화는 시간과 자원을 효율적으로 쓰는 기술이다. 모든 일을 기한까
지―좌절과 죄책감, 스트레스 없이―해내고 싶다면 우선순위를 정하는
기술을 연마할 필요가 있다. 너무도 당연한 말이지만 체계화는 계획과
밀접한 관련이 있다. 부적절한 계획, 혹은 아예 계획을 세우지 않는 것은
무질서한 생활방식과 맞물려 있다. 만약 당신이 체계적인 사람이라면 계

획을 세우지 않았던 것들까지도 즉흥성을 발휘해낼 수 있을 것이다.

삶이 조화롭게 운용되도록 하려면 단순해져야 한다. 그것은 직장 생활에서뿐만 아니라 사생활에서도 마찬가지다. 어차피 찾지도 못할 거라면 비싼 양말을 사지 마라, 동료와 경쟁자들은 이미 사무실에 가 있는데 아침에 그 비싼 양말을 찾겠다고 귀중한 시간을 버리고 싶은가? 삶의 한 부분에서 상황이 걷잡을 수 없게 되면 삶의 다른 부분에도 마찬가지로 영향을 미치게 된다. 끔찍할 정도로 체계화되지 못한 사생활은 직장 생활에도 그대로 전염된다. 또한 혼란스러운 직장 생활은 사생활까지 휘저을 수 있다.

직장 생활이 원활히 돌아가도록 하기 위해 사생활의 영역에서 많은 시간을 보내야 할 때가 있을 것이다. 체계화된다는 것은 필요할 때 모든 것을 찾을 수 있도록 효율적인 시스템을 사용한다는 의미이다. 직업과 관계없는 활동들―우정, 결혼 생활, 집안 문제, 집안일 같은―이 혼란에 빠질 경우 사업이나 직장 생활에 상당한 제약을 받게 된다.

일에서 생산성이 높아지면 사생활에서도 보다 많은 시간을 확보하게 된다. 질서 잡힌 생활을 하다 보면 일을 완수하지 못했다는 자책감을 느끼지 않아도 되기 때문에 여가 시간을 더욱 즐길 수 있다. 게다가 여유로운 시간을 보내면서 계획하지 않은 뭔가를 더 할 수도 있어서 하루가 끝날 때 훨씬 큰 보람을 얻을 수 있다.

일에서 보다 체계적이 되려면 우선순위를 정하고, 큰 차이를 만들어 낼 만한 곳에 에너지를 집중해야 한다. 생산성이 높은 활동에 집중하고 생산성이 떨어지는 일들은 줄이자. 체계화의 또 다른 열쇠는 산만함을 피하는 것이다. 무엇이 중요한지를 잊기는 정말 쉽다. 주위를 산만하게 만드는 것에는 끝이 없다. 잡담을 하고 싶어 안달인 동료, 애매모호한 보고서, 축구 경기 중계, 자기에게 집중해 달라고 요구하는 친구 등, 이러 저러한 것들이 시급히 다루어야 하는 중요한 문제들을 방해한다.

체계가 없는 것은 체계가 있는 것보다 시간을 더 많이 소모한다. 체계가 없는 것은 중대한 과제를 완수하는 과정에 시시때때로 엄청난 장벽이 끼어들도록 만든다. 체계화란 생산성을 높이는 데 유용한 활동으로 하루의 일정을 세우는 기술이다. 그렇다고 해서 과중한 계획을 세우지는 말자. 나날의 스케줄은―예외 없이―여가 활동을 위한 시간과 즉흥적인 일에 대비할 시간적 융통성을 갖추어야 한다.

내일은 좀 더 체계화되도록 애쓰자고 생각하지 말기를. 지금 바로 시작해야 한다. 당신이 보다 체계화되면 어떻게 여러 가지 일을 그토록 수월하게 해내는지 사람들이 질문을 던질 것이다. 당신을 보며 많은 사람들이, 저 사람은 중요한 일을 해내는 것은 물론이거니와 어떻게 빈둥거릴 여가 시간까지 낼 수 있는지 궁금해 할 것이다. 스스로의 능력을 체계화하자. 그러면 수백만의 사람들이 부러워할, 충만하고 평안하고 만족스러우며 행복한 삶을 살 수 있을 테니까.

24

똑똑한 사람이 현명한 것은 아니다

박사학위를 가졌다 해도 그다지 행복하지 않은 사람도 많다. 세상에서 가장 행복한 사람들 중에는 박사학위가 무엇인지조차 알지 못하는 사람도 있다! 학위는 삶에서 얼마나 많은 행복과 만족을 얻을 수 있는가와 무관하다. 최고 수준의 교육을 받았지만 현명한 것과는 거리가 멀 수도 있다. 달리 말하면 똑똑하다는 것이 곧 현명하게 산다는 의미는 아니다. 졸업을 앞둔 많은 대학생들은 자신이 명성과 부, 모험, 로맨스를 경험할 운명을 가진 선택받은 인류라고 믿는다. 그러나 막상 사회에 나가 몇 년이 지나고 나면 창조적 기쁨이나 개인적 성공에 대한 아무 희망 없이 무의미한 과제들에 갇혀 일하는 경우가 허다하다. 심지어는 최고의 점수를 받은 졸업생들도 정신적으로나 경제적으로, 또는 사회적으로 막다른 골목에 이르기도 한다.

요점은 똑똑한 사람과 삶을 현명하게 사는 사람 사이에는 큰 차이가 있다는 것이다. 아이러니컬하게도 머리가 좋은 많은 사람들이 이 두 가지의 차이를 분별하는 데 어려움을 겪는다. 한 무명의 현자는 이렇게 꼬집었다. "교육은 수많은 사람들을 지성 없이 살아갈 수 있도록 해 준다." 매사추세츠 대학의 심리학자인 세이무어 엡스타인도 그 점에 동의한다. 그는 감성적 지성이 학술적인 지성보다 삶에 더욱 강력한 영향을 미친다는 것을 밝혀냈다. 엡스타인의 연구에 따르면 성공적인 삶에는 감성적 지성—삶을 현명하게 사는 것—이 필수적이다.

감성적 지성은 IQ나 교육과는 거의 무관하다. 감성적 지성은 어떤 상황을 두고 불평하는 대신 행동을 취하는 것과 관련이 있다. 또한 주위에서 벌어지는 일들을 사적인 감정으로 받아들이지 않고, 남들의 의견에 불평하지 않는 능력을 포함한다. 삶을 현명하게 사는 것은 연봉과 승진뿐만 아니라 만족스러운 인간관계, 신체적, 정신적 건강에 이르기까지 삶의 성공을 상당 부분 결정짓는다.

진정한 성공을 거둔 사람들의 행동과 태도를 연구해 보면, 머리가 좋다고 해서 모두 최상의 성과를 내지는 않음을 알 수 있다. 최근 한 연구 결과에 따르면 부유한 사업가의 30퍼센트가 고졸이라고 한다. 성공한 사람들이 실패나 무력감을 다루는 법을 배운 곳은 대학이 아니었다. 그것을 배운 곳은 삶이라는 장이었다. 머리만 굴리는 것이 아닌, 직접 몸으로 부딪쳐서 말이다.

개인의 정신적, 심리적, 영적 건강을 좌우하는 데는 다양한 요인들이 있다. 스탠포드나 하버드 대학의 졸업장이 삶을 현명하게 사는 데 필수적인 것은 아니다. 대학 졸업장이 삶의 압력을 어떻게 다루는지, 행복과 만족감을 어떻게 얻는지를 가르쳐 주지는 않는다. 대학에서 경제의 어디가 잘못되었는지를 배울 수는 있지만, 불황에서 사업가가 어떻게 안락한 삶을 만들어 갈지를 배울 수는 없다.

샤를 드 몽테스키외는 말했다. "우리는 세 가지 교육을 받는다. 하나는 부모로부터, 또 하나는 학교로부터, 또 하나는 세상으로부터. 세 번째 것은 앞의 두 가지가 가르쳐 준 것과는 완전히 다르다." 삶에서 당신이 배우는 중요한 것들은 진정한 교육—학교나 대학의 커리큘럼과는 상관없

는—의 결과이다. 당신은 이 교육을 공적인 교육과는 완전히 동떨어진 경험을 통해 습득하게 된다.

공적인 교육은 당신보다 훨씬 덜 받았지만 한 분야에서 놀라운 성공을 거둔 사람들을 알고 있을 것이다. 또한 보잘것없는 교육을 받았어도 훌륭하게 사는 사람들도 알고 있을 것이다. 이러한 사람들은 당신도 할 수 있다는 충분한 증거가 되어 준다. 당신에게도 더 이상의 공적인 교육은 필요 없다. 당신에게 필요한 것은 더욱 삶을 현명하게 사는 것이다.

삶을 현명하게 사는 것은 상황을 제대로 파악하고 그에 따른 적절한 행동을 하는 것이다. 제아무리 박사학위를 가지고 있어도 상상력과 동기, 거기에 행동이 결합된 실제 삶의 경험을 대신할 수는 없다. 대학으로 돌아가 박사학위를 딸 생각을 하고 있다면 그로 인해 얻게 되는 지식에 조심하기를. 상당 부분이 삶이라는 게임에서 무용지물일 테니까. 어쩌면 박사학위는 따는 것보다 오히려 없애는 편이 훨씬 어렵다는 것을 깨닫게 될지도 모를 일이다!

25
시간은 돈이 아니다

물질, 일, 속도에 중독되어 있는 현대 서구 문화의 생활 강령은 언제나 '시간은 돈'이었다. 비즈니스계에서 불후의 진리가 된 이 믿음과 달리 시간은 돈이 아니다. 시간은 돈보다 훨씬 중요하다. 시간은 삶이다. 시간은 또한 행복이다.

분주하고 스트레스 많은 현대 사회에서 시간은 그 어느 때보다도 귀중하다. 벤저민 프랭클린은 "잃어버린 시간은 다시는 되찾을 수 없다."라고 말했다. 사실 시간은 우리가 지닌 가장 희소한 자원이다. 한정된 시간 안에서 지나치게 많은 것을 하려고 애쓰기 때문에 무한한 요구를 하게 되는, 유한의 자원인 것이다.

파산 지경에 이르렀던 스위스의 시계 산업을 어마어마한 부의 왕국으로 일구어 낸 갑부 니콜라스 헤이엑은 말했다. "시간은 환상적이면서도 동시에 끔찍한 것이다. 시간은 나의 일이며 삶이다. 그러나 나는 시간이 질색이다. 왜냐고? 멈출 수가 없으니까. 소유할 수도 없으니까. 시간은 언제나 존재하지만, 멈추려고 하는 순간 사라진다. 그러니 시간을 속이려고 속임수를 쓸 생각은 하지 말기를. 시간은 언제나 당신을 따라잡게 되어 있으니까."

시간을 당신 편으로 만들고 싶다면 시간과 싸움을 벌여서는 안 된다. 시

간과 싸움을 벌이는 것은 사실상 중력의 법칙이나 단순한 삶의 규칙과 싸움을 벌이는 것만큼이나 어리석은 일이다. 조만간 이 세 가지는 한데 힘을 모아 당신을 저 아래로 처박아 버릴 것이다. 당신이 시간과 사투를 벌이고 있다는 증거는 당신이 언제나 서두른다는 데 있다. 늘 촉박한 느낌을 갖는 것은 풍요로운 마음을 지닌 사람이 사는 방식이 아니다.

삶의 목표는 되도록 빨리 헤쳐 나가는 데 있는 것이 아니다. 당신은 삶이 빠른 속도로 흘러가는 데 대해 걱정하지는 않을 수도 있다. 그러나 반드시 걱정해야 하는 것은 갑작스런 마침, 당신이 예상하는 것보다 훨씬 빠른 마침이다. 그리고 천천히 하는 법을 배우지 못한다면 생각보다 젊은 나이에 삶의 막바지에 이르게 될 것이다.

당신의 마음은 가장 큰 자산이 될 수 있지만, 당신을 속여 넘길 수도 있다. 마음이 당신으로 하여금 믿게 만드는 고약한 장난 중 하나는 일을 하는 동시에 휴식과 만남, 그 밖의 다른 여가 활동을 하는 만족스럽고 균형 잡힌 생활을 누릴 시간이 없다는 것이다. 다시 한 번 생각해 보자! 당신에게는 하루에 1,440분, 86,400초라는 시간이 있다. 이것은 지구상의 평안하고 만족스러우며 행복하게 사는 사람들을 포함해서 모든 사람들이 지닌 시간의 양과 같다.

자신을 위해 더욱 많은 시간을 할애하는 것은 그다지 어렵지 않다. 자신에게 좋은 것을 할 시간이 빠듯하다면 시간을 보다 잘 이용함으로써 더욱 많은 시간을 만들어 낼 수 있다. 펜 스테이트 대학의 최근 연구에 따르면 시간이 빠듯하다고 느끼는 것은 대체로 인식적인 오류에 불과하다고 한다. 우리 모두는 중요하고 즐거운 일들을 할 시간이 충분하지만, 그것을 낭비하고 있는 것이다. 주어진 시간의 단지 30, 40퍼센트만이라도 제대로 활용한다면 부족함에 시달리지 않아도 된다.

자녀의 수가 적어지고 집안일이 줄면서 대다수의 북아메리카 인들이 예전보다 자유로운 시간―대략 일주일에 다섯 시간 정도―을 더 많이 갖게 되었다는 것을 보여 주는 연구 결과가 있다. 문제는 여가 시간의 부족이 아니다. 자유로운 시간을 활용할 수 있는데도 대다수가 그 시간을 텔레비전을 보거나 여타 쓸데없는 활동을 하느라 낭비하고 있는 것이다.

우리는 대개 삶이 소진되고 나면 또 다른 삶이 찾아올 것처럼 살아가고 있다. 불행하게도 시계는 계속해서 달려간다. 누구에게도 시간은 멈춰 주지 않는다. 시간은 당신이 낭비를 하든 현명하게 쓰든 상관하지 않는다. 그저 신나게 달려갈 뿐이다. 삶을 낭비하지 않는 것은 오롯이 자신에게 달려 있다.

시간이 당신을 거스르는 것이 아닌, 당신을 위한 것이 되도록 만들어야 한다. '시간은 돈이다'가 아니라 '시간은 행복이다' 혹은 '시간은 삶이다' 같은 관념에 따라 살아간다면 당신은 시간의 가치를 진정으로 알고 있음을 만천하에 보일 수 있다. 열심히 일한다고 해서 더욱 많은 시간을 벌 수는 없다. 마찬가지로 돈이 많다고 해서 시간을 더 살 수도 없다. 그러니 돈을 쓸 때보다 몇 배 더 시간을 현명하게 사용하기를.

26

속도를 늦추라, 그러면 세상도 속도를 늦춘다

분명한 현실 중 하나는 누구나 하고 싶은 일은 많지만 시간이 제한되어 있다는 것이다. 시간 사용에 있어서는 얼마나 오랜 시간 일하는가 뿐만 아니라 여가 시간을 어떻게 활용하는가 역시 중요하다. 일과 놀이 사이의 적정한 균형을 맞추어야 진정한 의미의 풍요로운 삶을 살 수 있다. 시간을 활용하는 효과적인 방법은 일에 매진하여 가능한 한 짧은 시간에 되도록 많은 일을 하는 것이라고 생각할 수도 있다. 아마도 당신은 이런 시도를 많이 해 보았을 것이며, 번번이 시간을 더욱 빼앗긴 듯한 느낌을 가졌을 것이다. 네덜란드에는 이런 속담이 있다. "서두를수록 뒤처진다."

한정된 시간에 많은 여가 활동을 하는 것은 균형 잡히고 안정된 생활 방식을 얻는 데 아무런 도움이 되지 못한다. 서둘러야 한다는 압박을 느끼면 스트레스를 없애고 건강을 증진해야 하는 행동들이 도리어 역효과를 내기도 한다. 예를 들어 허겁지겁 운동을 하다 보면 스트레스가 해소되기는커녕 가중되기 십상이다. 허겁지겁 해야 한다는 느낌 속에서 명상이 제대로 될 리도 없다. 시간만 낭비했다고 느껴지는 순간 명상을 했다는 것 자체를 후회하게 된다.

직장에서 시간 관리란 흔히 일하는 데 더욱 많은 시간을 투여하는 것을 의미한다. 그러나 이런 전통적인 시간 관리는 제대로 될 수가 없다. 전통적인 시간 관리 기술을 사용할 때의 문제는 중요하지 않은 일에 노력과 시간을 많이 들이게 된다는 점이다. 그러다 보니 최대 여덟 시간을 들여야 마땅한 데도 하루 열 시간이나 열두 시간을 직장에서 보내게 되는 것이다.

시간은 관리하는 것이 아니라 초월하는 것이다. 자신의 속도에 맞춰 일하는 것을 목표로 삼고, 자신의 삶에 더욱 많은 시간을 들여 보자. 남들이 뭘 하는지에 대해서는 잊어버려야 한다. 다른 사람들이 모두 삶의 속도를 가속화하는 듯이 보인다 해도 당신까지 거기에 발맞출 필요는 없다. 당신은 당신의 방식대로 육체적, 정신적 공간을 스스로 좌우할 수 있어야 한다.

시간을 지배하는 최고의 방법이 무엇인지 알고 나면 아마도 당신은 깜짝 놀랄 것이다. 조급증을 내지 않고 하루를 더욱 길게 만드는 방법이니까. 이 원칙을 채택하면 마법과도 같은 방식으로 더욱 많은 시간을 낼 수 있다. 일단 속도를 늦추면 더 이상 시간과 아웅다웅하지 않을 수 있게 된다. 소설을 쓰든, 공원을 걷든, 이웃과 수다를 떨든, 샤워를 하든, 무슨 활동이든 당신이 전적으로 몰두하면 세상도 당신을 위해 속도를 맞춰 줄 것이다.

저녁노을을 감상할 시간이 없다는 생각이 들 때면 다시 생각해 보자. 저녁노을을 감상할 수 있는 가장 좋은 시간은 그럴 만한 여유가 없을 때이다. 몇 시간 동안 허겁지겁 움직이는 것보다 해가 저무는 모습을 10분 동안 지켜보는 것이 세상을 따라잡는 데 오히려 더 도움이 될 것이다. 더 많이 멈춰 서서 저녁노을을 감상할수록 삶은 한층 평온해지고 조바심도 적어진다. 그리고 당신이 추구하는 중요한 것들을 값지게 해낼 수

있도록 계획을 잘 세워서 일의 가짓수를 줄이는 게 얼마나 중요한지도 깨닫게 될 것이다.

속도를 늦추고 삶을 즐긴다고 해서 누군가에게 사과해야 하는 것은 아니다. 혹시라도 누가 대체 요즘 왜 그러느냐고 묻는다면, 얼마 전 세계적인 베스트셀러《적게 일하고 많이 놀아라》를 읽었으며 그 책의 어구 하나 하나에 전적으로 동의한다고 대답하라. 세상 모든 사람이 당신의 행동을 인정하지는 않을 것이다. 그러나 당신의 삶에 대한 만족감과 즐거움은 분명 늘어날 것이다.

27
좋은 친구는 어떤 약보다 도움이 된다

《사이콜로지 투데이Psychology Today》의 최근 표지 기사에 따르면 "사람들은 배우자나 자녀와 함께 있을 때보다 친구들과 함께 있을 때 더욱 행복감을 느낀다."라고 한다. 진지하게 고려해 볼 만한 이야기이다. 실제로 우리는 자녀나 배우자와 시간을 보낼 때보다 친구들과 시간을 보낼 때 더 큰 기쁨을 경험한다. 그러니 우정의 가치가 얼마나 소중한지 알 수 있을 것이다.

우정은 인터넷에서 자주 검색되는 주제 중 하나이다. 많은 사람들이 새로운 친구를 만들고 우정을 돈독히 하는 데 관심이 있다는 뜻이다. 그러나 삶에서 우정이 차지하는 비중에 비해 우정을 다룬 책은 매우 적다. 예를 들어 돈을 굴리는 법을 알려주는 책의 수요와 우정을 만들고 유지하는 법을 알려주는 책의 수요가 얼마나 차이가 나는지 비교해 보면 단박에 알 수 있다.

그러나 우정은 우리에게 돈보다 훨씬 귀중하다. 인간적인 교류, 특히 가까운 친구들과의 교류는 우리가 살면서 느끼는 기쁨과 실망의 대부분을 제공한다. 진정한 친구를 갖고 있지 않다면 삶에서 진정한 성공을 경험할 수 없다고 해도 과언이 아니다.

친구와 보내는 시간이 이토록 기쁨과 행복감을 준다면 당신은 스스로에

게 이렇게 물어야 마땅하다. "나의 진정한 친구는 얼마나 될까?" 2006년 6월 《아메리칸 소셜로지컬 리뷰American Sociological Review》에 발표된 한 연구에 따르면, 미국 성인들은 1985년에는 친한 친구가 세 명 있다고 대답했으나 2006년에는 친한 친구가 단지 두 명 있다고 답했다. 인종과 연령, 교육 수준, 성별을 불문하고 모든 미국인들이 1985년에 실시한 조사보다 친한 친구의 수를 적게 대답한 것이다.

안타깝게도 현대 사회에서 일어나는 일들은 개개인의 삶을 한층 분주하게 만들고 파편화시킨다. 그렇기 때문에 가까운 친구를 만드는 데 소홀히 하게 되는 것이다. "누구에게나 우정은 맨 나중의 것이 되는 것 같다." 미국의 사회학자 잔 야거 박사의 말이다. 야거는 덧붙여 "우정은 삶에서 다른 것들을 모두 처리하고 난 뒤에 목표로 삼을 대상이 아니다. 우정은 학교를 졸업한 이후에도 감정적 건강을 위해, 직업적 발전을 위해, 심리적 강건함을 위해 중요하다. 사람들과 친밀한 관계를 맺고 있는 이들이 더욱 행복하고 건강한 삶을 누리며 장수한다는 연구 결과도 적지 않다." 라고 말했다.

우정은 우리 모두를 위해 모든 면에서 다루어지는 주제여야 한다. 우정은 만족스런 삶을 영위하는 데 필수적이다. 우정이 있어야 할 자리는 일, 건강과 같은 위치여야 마땅하다. 많은 사람들이 좋은 친구는 건강에 있어 치료제보다 돈이 훨씬 덜 든다는 사실을 알고 있다. 게다가 열 배쯤 더 도움이 된다는 사실도!

사람들은 절박하고 사적인 것처럼 보이고 싶지 않아서 우정에 대한 갈망을 드러내놓고 이야기하려 들지 않는다. 살아가면서 얼마나 외로운지, 혹은 때때로 얼마나 외로울 수 있는지를 쉽사리 인정하는 사람은 많지 않다. 여러 조사 결과에 따르면 외로움은 우리가 대면한 가장 큰 문제 중

하나라고 한다. 또한 많은 이들에게 진정으로 가장 큰 문제가 된다.

훌륭한 친구가 없다면 삶이 외로워질 수 있다는 사실을 의심하지 말자. 훌륭한 친구는 당신이 할 수 없는 것들을 당신에게 제공해 줄 수 있다. 그 반대도 마찬가지다. 셰익스피어와 몰리에르에게 영향을 끼친 로마의 희곡작가 플라우투스는 말했다. "당신의 부는 당신의 친구가 있는 곳에 있다."

다시 말해 아침에 당신이 일어났는지를 신경 써 주는 사람이 많을수록 당신은 더욱 부유함을 느낄 수 있다는 뜻이다. 이것은 돈이 많건 파산 직전이건 누구에게나 진실이다. 우정의 중요성을 고려한다면, 이 세상 최고의 부자는 돈이 가장 많은 사람이 아니라 진정한 친구를 가장 많이 둔 사람일 것이다.

28

우정에도 노력이 필요하다

당시에는 깨닫지 못했을지라도, 삶에서 중요한 사건 중 하나는 좋은 친구를 처음 만난 순간이다. 좋은 친구가 왜 필요한지 정확히 모를 경우에 대비해 이렇게 시작해 보자. 성공을 얻기 위해 온갖 노력을 다 기울이고 난 뒤에는 성공을 즐기는 것이 중요하다. 그러나 혼자서 자축하는 것은 그다지 재미가 없다. 개나 고양이를 키운다 하더라도 애완동물과 좋은 소식을 나누는 것은 친한 친구와 좋은 소식을 나누는 것과 같을 수 없기 때문이다.

행복은 저렴하다고 할 수 있다. 우정을 통해서 상당 부분 얻을 수 있기 때문이다. 포틀랜드에 거주하는 레니 디라는 사람은 《유튼 리더^{Utne} $_{Reader}$》의 기자에게 다음과 같은 이야기를 했다. "나는 언제나 돈을 버는 것과 친구를 사귀는 것에 많은 에너지를 쓸 수 있다고 생각해 왔습니다. 그리고 이 두 가지는 안정감, 새로운 경험, 개인적 선택, 여행 등에서 상당 부분 목적을 달성하지요. 하지만 친구를 사귀는 편이 만족감이 훨씬 높다는 것을 번번이 깨닫게 됩니다."

그럼에도 친구는 구입해야 하는 대상이다. 분명 우정은 굉장한 액수의 가격표를 달고 다닌다. 인생의 가장 큰 기쁨 중 하나가 되는 것이니 그럴 만도 하다! 좋은 친구를 얻고 유지하려면 계속 값을 치러야 한다. 끊임없이 값을 치러야 한다는 사실에 격노하는 사람이 있을지는 모르겠지만, 우정이란 반드시 그렇게 해야 하는 법이다.

우정에 치러야 하는 값은 내용과 형식에 있어서 아주 다양하다. 가장 중요한 점은 우정은 무형의 물질로 사야 한다는 것이다. 친구가 당신에게 기대하는 영감, 충고, 기쁨, 지지, 좋은 감정으로 사는 것이다. 우정에 관한 중요한 금언 하나가 있다. 돈으로 살 수 있는 친구는 성격, 고결함, 연민으로 얻을 수 있는 친구와 비교조차 할 수 없다는 것이다.

물론 우정이 항상 쉽지는 않다. 우정이 제 역할을 하게 하려면 많은 시간과 노력을 쏟아야 할지도 모른다. 진정한 친구는 삶이 베푸는 보상이다. 그 보답으로 스스로가 진정한 친구가 되는 것은 삶에서 만만찮은 과업 중 하나이다. 이런 관점에서 우정은 명사가 아니라 동사다. 다시 말하면 우정은 발전하고 살아남고 유지되기 위해 끊임없는 투자를 필요로 하는 활동적인 것이라는 뜻이다.

아무것도 하지 않으면서 뭔가를 기대해서는 안 된다. 우정도 마찬가지다. 특히 새로운 우정을 쌓기 시작할 때, 당장 얻는 것보다 더욱 많은 것을 쏟아부어야 할 수도 있다. 그러나 훌륭한 우정을 발전시킨 데 대한 보답은 상상도 못한 엄청난 것이 될 수 있다.

어쩌면 당신은 진정한 친구의 보살핌과 친절이 당신이 아플 때 멀리 있는, 혹은 심술궂은 친척에게서 1천 달러를 받는 것보다 훨씬 마음을 따스하게 해 준다는 것을 깨달았을지도 모르겠다. 혼란의 시기에 당신의 든든한 후원자는 언제나 진정한 친구이다. 고대 그리스의 격언에는 "어려운 시기에는 돈보다 친구를 갖는 편이 낫다."라는 말이 있다. 진정한 친구란 두 사람 중 하나가 돈이 없을 때조차도 같이 있으면 즐거운 사람이다.

우정은 어려움에 빠졌을 때만 중요한 것이 아니다. 훌륭한 친구가 없이는 멋진 풍광도 따분할 수 있다. 백만 달러도 그다지 소용이 없을 수 있다. 크리스마스도 지루할 수 있다. 당신이 이룬 가장 중요한 성취도 무가치하게 여겨질 수 있다. 심지어는 삶 자체도 소중하고 충만한 것과는 거리가 멀게 느껴질 수 있다.

29

모두의 친구는 누구의 친구도 아니다

되풀이 말하지만, 진정한 친구보다 소중한 것은 그다지 많지 않다. 그리스의 작가 에우리피데스는 말했다. "충실한 친구 하나는 친척 만 명의 가치가 있다." 친척과 달리 친구는 당신의 선택에 달려 있다.

그러나 새로운 친구를 선택할 때는 상당한 주의를 기울여야 한다. 행복해지기 위해서는 같이 있으면 행복하고 즐거운 몇 사람과 질 높은 우정을 만들어 가야 한다. 이런 관점에서 에우리피데스의 말은 이렇게 풀이될 수 있다. "진정한 친구 하나가 허울뿐인 만 명의 친구보다 낫다."

삶의 다른 측면이 그러하듯이 우정 게임에서도 많음보다 적음이 나을 때가 있다. 친구가 많은 것은 좋은 일이지만 지나치게 많으면 삶이 복잡해진다. 친구를 많이 두고 싶은 유혹에 넘어가면 전반적인 행복에 지장이 생길 수 있다. 시간, 에너지, 돈, 창의력 등 여타의 것을 성취할 수 있는 원천을 고갈시킬 위험이 있기 때문이다.

인기가 많은 것─만일 그것이 당신이 바라는 것이라면─은 진정한 친구를 얻는 데 별 영향을 미치지 못한다. 진정한 우정은 신의와 존중, 상호 간의 애정으로 든든하게 묶인 관계에 바탕을 둔다. 그저 인기를 위해 어떤 무리에 들어가고자 한다면, 다시 고등학교로 돌아가 십대들이 하는 허울 좋은 우정놀이를 하는 편이 낫다. 성인의 우정 게임을 하려면 좀 더

성숙할 필요가 있다.

인기가 없다는 것이 당신이 친구를 가질 수 없다는 뜻은 아니므로 인기가 없다고 서운해 할 필요는 없다. 소크라테스도 인기가 없었다. 프로이트도 인기가 없었다. 예수도 마찬가지였다. 알겠는가? 요점은 이들에게도 모두 친구가 있었다는 것이다.

친구를 찾는 기준에 있어 인기는 적당한 위치에 두는 것이 중요하다. 인기가 있다는 사실이 그 사람이 나에게 좋은 친구가 될 수 있다는 뜻은 아니다. 아리스토텔레스는 이렇게 경고했다. "모두의 친구는 누구의 친구도 아니다." 정체성 없이 남들과 함께 몰려다니는 어중이떠중이에 속하지 않기에, 즉 남들과 다르게 행동하기 때문에 인기가 없는 경우도 있다.

우리 사회는 다름을 경시하는 문화의 영향으로 훌륭한—그러나 특이한—사람들이 인기가 없다. 그러나 내 경험에 따르면 인기 없는 사람들 중 일부는 정말 좋은 친구가 될 수 있다. 나라면 다들 비슷한 소리를 하고 비슷한 차림을 하며, 누구의 기분도 거스르지 않는 것처럼 보이는 인기 높은 어중이떠중이들보다 많은 사람들이 못마땅하게 여기는, 진실하고 특이한 사람들과 같이 있는 편을 선택할 것이다. 요컨대 자신들의 방식을 고수하느라 당신을 위한 시간을 내지 않거나, 당신이 더 나은 사람이 되는 데 도움을 주지 못하는 스물다섯 명의 허울 좋은 친구보다는 서너 명의 진실한 친구를 갖는 편이 훨씬 낫다는 뜻이다.

결론적으로 진정한 친구는 당신의 행복을 더해 줄 것이며 행복을 앗아가는 일도 거의 없다. 퓰리처 상 수상작가인 앨리스 워커는 말했다. "침묵을 요구하거나 성장할, 그리하여 원래 의도한 대로 만개할 당신의 권리를 거부하는 사람은 당신의 친구가 아니다." 따뜻함과 친절함, 삶을 향한 새로운 관점을 지닌 사람들과 어울리도록 하자. 그러면 적어도 한 명의 진실한 친구를 얻게 될 테니까.

또한 진정한 친구는 지루한 일을 하면서도 함께 즐길 수 있는 사람이다. 한편으로 당신이 진정으로 되고 싶은 모습을 일깨워줄 수도 있다. 지금까지 '참된' 친구를 발견하지 못했다고? 철학자인 랄프 왈도 에머슨의 말에 귀를 기울여 보자. "친구를 만드는 유일한 방법은 당신이 친구가 되는 것이다."

여기서 중요한 질문 하나가 떠오른다. 당신은 과연 어떤 친구인가? 당신이 친구에게서 보고 싶은 중요한 자질들을 목록으로 만들어 보자. 당신의 삶으로 훌륭한 친구들을 끌어오고 싶다면, 당신이 계발하고 유지해야 할 덕목이 바로 그것들이다. 당신 스스로가 당신이 어울리고 싶은 사람이 되어야 한다는 뜻이다.

30

사람들과 함께해야 행복하다면 행복이 아니다

시대를 통틀어 상당한 업적을 이룬 수많은 사람들은 혼자 있는 시간을
칭송해 왔다. 예를 들어 헨리 데이비드 소로는 단언했다. "대부분의 시
간을 혼자 보내는 것이 몸과 마음에 좋다. 아무리 좋은 사람들이라도 같
이 있으면 곧 싫증이 나고 산만해진다. 나는 고독만큼 친해지기 쉬운 벗
을 아직 찾지 못했다."

여기서 지극히 중요한 질문 하나. 당신은 혼자서 오랜 시간을 즐기며 보
낼 수 있는가? 그렇지 못하다면 자신의 성품에서 훌륭한 자질을 발견하
지 못했다는 증거일 수도 있다. 다시 말해 자존감이 낮거나 스스로의 벗
이 되지 못하거나 그럴 필요를 느끼지 못하는 것이다. 당연한 얘기지만
스스로를 사랑하지 않는 것은 삶을 즐기는 데 막대한 장애가 될 수 있다.
혼자 있으면서 행복의 기술을 자유자재로 누리고 싶다면 혼자 있다는
것이 외로움과 동의어가 아니라는 사실을 깨달아야 한다. 혼자 있는 것
은 두 가지 측면을 유발한다. 하나는 '외로움'이다. 이는 불안함과 불행,
지루함이 뒤섞인 증세를 유발할 수 있다. 더 나아가 두통이나 과도한 수
면, 불면증, 우울증 같은 질병으로 이어질 수도 있으며, 극단적일 경우
자살에 이르게 한다.

혼자 있는 것의 또 다른 측면은 '고독'이다. 고독은 혼자서 할 수 있는 갖

가지 즐거운 활동에 몰두할 기회를 준다. 외로움은 낙담과 슬픔을 의미할 수 있지만, 고독은 만족, 심지어는 황홀경을 뜻할 수도 있다. 프리드리히 니체는 말했다. "고독은 우리 스스로를 더욱 강인하게 만들고, 다른 이들을 더욱 자애롭게 대하도록 한다. 결국 고독은 우리의 성품을 향상시킨다."

안타깝게도 대다수의 사람들은 혼자 있는 것의 유쾌한 측면과 그것이 우리에게 줄 수 있는 이익을 좀처럼 깨닫지 못한다. 심지어 군중 속에서도 언제나 혼자인 듯한 느낌을 갖는 이들도 있다. 외로운 사람들 대부분이 자기 존재에 대한 인정이 다른 사람이 아닌 자신의 내면에서 온다는 것을 깨닫지 못한다. 이러한 이유로 러시아의 작가 안톤 체호프는 경고했다. "외로움이 두렵다면 결혼하지 마라."

결론적으로 다른 사람과 같이 있을 때만—혼자서는 아니고—행복함을 느낀다면 당신은 진정으로 행복한 사람이 아니라고 할 수 있다. 다른 사람들과 함께 있을 때의 외로움은 자기 자신과의 연계가 결여되었다는 반증과 다름없다. 자신을 좋아하지 않는데 어떻게 다른 사람이 당신을 좋아하기를 기대할 수 있겠는가?

외로움을 극복하려면 혼자서 창의적으로 시간을 보내는 방법을 배워야한다. 대부분의 사람들은 내면의 더 큰 무료함을 피하기 위해 약간의 흥분을 찾아 사회—대개는 무료하기 짝이 없는—로 도피처를 구한다. 우리는 혼자 있는 것이 두려워서 사회로 달아나기도 한다. 그러나 오히려 혼자 있을 때보다 군중 속에서 더욱 외로움을 느끼고 만다.

혼자 있으면서 외로움을 느낄 때 우리는 흔히 두 가지 방식으로 반응한다. 한 가지 반응은 '슬픈 수동'이다. 여기에는 울기, 흐느끼기, 폭식, 잠자기, 자기 연민에 빠지기 등이 포함된다. 이 반응은 주로 자존감이 낮

은 사람에게서 명확한 목표가 결여되어 있을 때 나타난다. 건강하지 못한 또 다른 반응은 약물에 의존하거나 도박 혹은 쇼핑에 빠지는 것이다. 단기적으로 이러한 방법은 외로움을 덜어 내는 데 도움이 되는 것처럼 보인다. 그러나 결국 사회적 기술을 향상시키거나 친밀한 관계를 형성하거나 자존감을 계발하는 데는 아무런 도움이 되지 못한다.

위 두 가지 반응이 아닌 외로움을 향한 또 다른 반응은 창의적인 행동이다. 여기에는 독서나 편지 쓰기, 공부, 음악 감상, 취미 활동, 악기 연주, 명상과 같은 혼자 하는 활동이 포함된다. 스스로 시간을 보내는 법을 배우면 친구들과 함께 있을 때의 즐거움도 배가 될 수 있다.

그러므로 불가피할 때만 고독을 즐길 일이 아니다. 오히려 고독을 즐길 방법을 적극적으로 찾아나서야 한다. 스스로를 잘 알게 될수록 자신을 사랑하는 법을 배울 수 있다. 자신과 오붓하게 있는 것을 즐길 줄 알게 되면, 당신은 지금껏 찾아 헤맨 파라다이스와 당신이 필요하다고 여긴 모든 행복을 발견할 수 있을 것이다.

31
우리는 모두 한낱 인간일 뿐

우리 주위에는 언제나 희한하고 까다로운 사람들이 존재한다. 한 친구는 그런 사람들로 인해 좌절하고 실망할 때면 이렇게 중얼거린다. "사람들이 다 그렇지 뭐, 쳇!" 마크 트웨인도 같은 맥락으로 다음의 글을 썼다. "만약 사람이 사람을 창조했다면 결국 자신이 한 일을 부끄러워했을 것이다."

당신도 때로는 다른 사람들─같이 살거나 함께 일하는─이 당신만큼이나 논리적이고, 신뢰할 수 있고, 현명하고, 친절하고, 성실하고, 유쾌하며, 현실적이기를 바랄 때가 있을 것이다. 수천 명의 사람들이 지금보다 더 나아질 수 있도록 직접 도움을 주고 싶을 때도 있을 것이다. 그렇게 된다면 세상이 훨씬 좋아질 테니까.

이렇게 많은 사람들이 무지할 수 있다니 뭔가 잘못된 것 같다고? 알베르트 아인슈타인도 사람들에게 얼마나 실망을 했으면 이런 글을 썼겠는가. "무한한 것은 단 두 가지, 우주와 사람들의 어리석음뿐이다. 그런데 후자에 대해서는 나 역시 확신하지 못하겠다." 프랭크 데인도 같은 맥락의 이야기를 했다. "무지는 유행을 벗어나는 법이 없다. 어제도 유행이었고, 오늘은 대유행이며, 내일은 가장 앞에서 선도할 것이다."

물론 세상에는 무지한 사람들이 널려 있다. 그렇다고 해서 이 무지한 사

람들이 모두 나쁜 사람들이거나, 당신이나 나와 크게 다른 사람들일까? 이 시점에서 반드시 짚고 넘어가야 할 질문 한 가지. 우리는 타인에 대한 높은 기대 탓에 그들에게서 무지를 비롯한 여타의 단점들만 보게 되는 것은 아닐까? 많은 사람들이 완벽하지 못하다고 해도 그들을 있는 그대로 받아들이는 것이 최선이다.

사람들이 당신에게 상처를 주는 이유는 당신이 그렇게 하도록 만들었기 때문이다. 흠잡기 좋아하는 사람들은 항상 당신의 거품을 꺼뜨리고 구름 위에서 떼밀려고 안간힘을 쓴다. 그들은 자신들과 직접적인 관계가 없을 때에도 당신의 계획이나 과제에 개입하려 든다. 당신이 어떤 과제에 얼마나 능력을 발휘하는가와 무관하게 누군가는 당신에게서 트집 잡을 이유를 기어이 찾아내고야 만다. 당신이 삶에 불꽃을 피우려고 애쓰는 사이, 누군가는 당신을 위한답시고 그 불을 끄려고 애를 쓴다.

그 밖에도 사람들에게서 보이는 낙담스러운 특징들은 허다하다. 당신이 큰 호의를 베푼 지 얼마 지나지 않아 친구와 친지들은 당신을 좌절하게 만들 수 있다. 많은 사람들이 당신과 같은 규칙으로 경기를 하지 않는다는 것을 깨닫게 될 수도 있다. 일부는 수시로 변덕을 부려 당신을 미치게 만들기도 한다. 솔직히 이 지구상에 없는 게 나은 사람들이 있다는 것을 당신과 나, 우리 모두는 알고 있다.

그러나 역할은 종종 역전될 수 있다는 점을 기억하자. 당신 역시 인간이며 당신도 때로는, 어쩌면 자주 다른 사람을 낙담시킬 것이다. 당신도 일을 망칠 것이며, 상황을 엉망으로 만들고 누군가의 화를 돋울 수 있다. 얼마나 열심히 일하는가에 상관없이 당신도 다른 사람의 높은 기준을 충족시키지 못할 수 있다. 다른 사람을 헐뜯고 거부할 것이며, 당신을 헐뜯고 거부한 사람이 당신에게 미친 영향을 당신이 똑같이 다른 사람에게 미칠 수 있다.

바위는 단단하며 물은 축축하다는 점을 인정하는가? 그렇다면 인간들도 다들 한낱 인간일 뿐이라는 걸 인정하자. 그렇지 않았다면 물론 삶이 달라졌을 테지만. 그러나 온갖 부정적인 특징들에도 여전히 행복 찾기 게임에서 사람이 중요한 요소를 차지한다는 점은 틀림이 없다. 인간의 본성은 변덕스럽고 때로는 터무니없기도 하다. 분명 많은 이들이 당신보다 정직하지 못하고, 무례하고, 비이성적이고, 신중하지 못하고, 무지할 것이다. 그렇다고 해도 분노하거나 이성을 잃고 펄펄 뛰지는 마라.

사람들과 수월하게 어울릴 수 있는 방법은 인간의 본성에 덜 상처받는 것이다. 타인의 부정적인 면보다 긍정적인 자질에 초점을 맞춰 보자. 이런 식으로 보면 인간들이란 함께 지낼 만하고, 관대하고, 재미있고, 다정하고, 서로에게 너그러운 존재가 될 수 있다. 무엇보다도 인류에 대한 평가를 내리는 시간을 줄이도록 하자. 살면서 그보다 훨씬 중요한 일이 많으니 말이다. 남을 평가하는 것은 따분한 일이며 친구를 사귀는 데도 역효과만 낼 뿐이다. 더군다나 내가 마지막으로 점검해 보았을 때까지만 해도 사람을 평가하는 것은 여전히 신의 영역이었다!

32

누군가를 변화시킬 수 있다고 오해하기는 아주 쉽다

변화시킬 수 없는 일들에 시간을 허비하지 말아야 한다는 것은 상식이다. 이것은 어떤 상황이나 사건뿐만 아니라 사람들에게도 마찬가지다. 그러나 우리는 종종 다른 사람들을 자신이 바라는 모습대로 변화시키려는 함정에 빠지곤 한다. 만약 당신이 이 함정에 빠져 있다면 과연 누군가를 개조하겠다고 애쓰는 것이 현명한 일인지 자문해 봐야 한다.

사실 누군가를 변화시킬 수 있다고 오인하기는 아주 쉽다. 여기에는 친구와 친척, 연인, 신경증환자 모두가 포함된다. 남들을 좀 더 나은 인간으로 변화시키려고 애쓰기 전에 우선 그들을 변화시키려고 노력할 가치가 있는지 먼저 생각해 봐야 한다. 아마도 당신은 '그 자신을 위해' 상대를 개조하겠다는 생각을 하고 있을 것이다. 그러나 이는 누군가를 당신의 마음에 드는 모습으로 좌지우지하려는 시도를 합리화하는 것일 뿐이다.

타인의 행복과 성공에 필요할지 모를 심리적 수술을 감행하는 것은 당신의 의무가 아니다. 누구나 저마다 자기가 선택한 방식으로 살아갈 권리가 있다는 사실을 존중해야 한다. 어떤 사람이 살아가는 방식이 못마땅하더라도 그 사람 입장에서는 당신이 살아가는 방식이 더 못마땅할 수 있다. 과연 누가 옳은가? 어쩌면 둘 다 옳을 수도 있다.

하지만 그래서? 누가 옳든 그게 무슨 상관인가? 특정한 생활방식이 불법적이거나 다른 사람에게 신체적 위해를 가하지 않는 한 내버려두어야 한다. 남을 바꾸려고 노력하는 것은 남들도 모두 당신이 원하는 방향으로 움직여야 한다는 잘못된 믿음에서 비롯된다. 당신의 방식은 올바른 방식일 수도, 그렇지 않을 수도 있다. 설령 당신의 방식이 올바르다 할지라도 올바른 방식은 그것만이 아닐 수도 있다.

어쩌면 당신은 훌륭한 선도자가 되겠다는 생각에 빠져 있을지도 모른다. 당신만큼이나 상당한 도덕적 권위를 지닌 사람이라면 얼마든지 그럴 만하다. 그렇다고 해서 당신에게 남을 변화시켜도 된다는 권리가 생겨나는 것은 아니다. 신이 자신의 신성한 행위를 누군가에게 부여해 다른 사람의 삶에 관여해도 좋다고 허락해 주셨다는 착각은 어리석다. 당신이 높은 기준을 갖고 있을지는 몰라도 모두가 거기에 맞춰야 한다는 법은 없다. 다른 사람이 당신의 기준에 맞지 않다고 해서 왜 그들을 개조하려 하는가? 그런 사람들과는 시간을 적게 보내면 그만이다. 당신의 기준에 맞는, 당신의 지도가 필요 없는 사람들을 찾도록 하자.

그래도 당신은 여전히 크나큰 어려움에 처했다고 생각하는 사람들을 구조하고 싶은 충동을 느낄지도 모른다. 어떤 사람들을 변화시키고 싶은 유혹에 넘어가기는 쉽다. 동기를 부여하고, 좀 더 체계적이게 만들고, 보다 이성적으로, 혹은 보다 믿음직하게 만들고 싶은 유혹 말이다. 그러나 부정적인 사람을 변화시키고픈 유혹─그들이 보다 긍정적인 사람으로 변할 것을 기대하고─은 잘못된 것이며 반드시 거부해야 한다. 당신의 노력은 무용지물이 될 것이기 때문이다.

당신이 지구상 어디에서든 마음껏 설교를 해도 상관없다. 그러나 자신의 철학에 맞지 않으면 누구도 신경 쓰지 않을 것이다. "자신의 문제가 해결되기를 원하지 않는다면 그 문제는 세상 누구도 해결해 줄 수 없

다."라는 리처드 바크의 말은 전적으로 옳다. 일반적으로 부정적인 사람들은 변화를 원하지 않는다. 그들이 변한다면 당신이 감당할 수 없을 만큼 오랜 시간이 지난 후에야 가능하다.

마찬가지로 친구나 친지를 변화시키려고 하는 실수를 저지르지 마라. 특히 최악의 실수는 당신이 상대방을 변화시킬 수 있다는 희망을 가지고 결혼을 하는 것이다. 현재의 모습이 마음에 들지 않는 상대와 사랑에 빠지는 것보다 안타까운 일도 드물다. 대부분의 사람은 변하고 싶어 하지 않는다. 아무리 오랜 시일이 지난다 해도 말이다. 변화하는 사람은 자발적으로, 그러나 자신이 준비되었을 때에만 변한다. 사람들이 변하는 것은 자신이 변화하고 싶을 때뿐이며, 그것도 자발적으로만 가능하다. 결론적으로 우리는 자기 자신 외에는 누구도 변화시킬 수 없다. 타인의 방식을 변화시키려 드는 것은 귀중한 시간을 낭비하는 것이다. 자신의 일에 집중하여, 스스로가 더 나은 사람이 되는 데 시간을 보내는 것이 현명하다. 세상을 흥미롭고 활기차게 만드는 것은 각양각색의 사람이 있기 때문이라는 점을 명심하자. 모든 사람이 다 당신과 같다면 세상이 얼마나 섬뜩하겠는가.

33
충고는 실패나 본전치기, 둘 중 하나일 뿐

어느 날 독일 시인 오토 에리히 하르트레벤은 자신의 건강에 대해 의사와 상담을 했다. 의사는 하르트레벤에게 담배를 끊고 술을 그만 마시라고 충고했다. 그리고 의사는 덧붙였다. "오늘 진료비는 3마르크입니다." 그러자 하르트레벤은 코웃음을 쳤다. "난 돈 안 낼 겁니다. 당신의 충고를 안 들을 거니까요."

당신도 이런 경험을 한 적이 있을 것이다. 대개의 사람들은 하르트레벤과 마찬가지로 ─아무리 좋은 것이라도─충고를 듣지 않는다. 당신의 충고가 무척 도움이 될 수도 있지만, 그 충고를 받아들이는 데 수고와 노력을 들여야 한다면 상대는 충고를 저버리기 십상이다. 충고를 한다는 것은 당신의 시간과 에너지를 낭비하는 데 그치는 것만이 아니다. 때로는 커다란 위험을 가져올 수도 있다.

상대가 청하지도 않은 충고를 할 때는 그 위험성이 더욱 커진다. 얼마나 좋은 충고이든, 당신의 의도가 얼마나 숭고하든 충고를 받아들이는 것 자체를 거부하는 사람들도 있다. 그런데 당신이 계속해서 밀어붙인다면 그들과의 관계는 어긋나게 마련이다. 당신이 도우려 한다는 것을 깨닫지 못할 수도 있다. 오히려 당신이 자기들을 잘못되게 한다고 생각할지도 모른다. 당신의 충고는 무시되기 쉽다. 누구나 자신이 틀렸다는 것을

쉽사리 인정하고 싶지 않기 때문이다.

상대가 원하지도 않은 충고로 상대의 문제를 해결하겠다고 애쓰는 것은 남을 변화시키려는 것만큼이나 쓸데없는 짓이다. 배우자나 친구, 직장 동료를 포함해 남의 문제에는 아예 끼어들지 않는 것이 상책이다. 그들의 문제를 당신이 해결하려고 애쓰는 것은, 그들 스스로 문제를 해결할 능력이 안 된다고 말하는 것이나 다를 바 없다. 벤저민 프랭클린은 청하지도 않은 충고에 대해 최상의 조언을 해 준다. "현명한 사람에게는 충고가 필요 없다. 그리고 어리석은 사람은 충고를 받아들이지 않는다."

상대가 청해서 충고를 하더라도 위험성이 사라지지는 않는다. 문제는 우리가 충고하는 내용이 상대가 기대하거나 바라는 것과는 정반대가 될 수도 있다는 점이다. 조시 빌링스는 말했다. "누군가 내게 충고를 구하면 나는 그 사람이 원하는 충고를 해 준다." 상대가 기대하는 충고를 해 주는 것은 때로는 좋은 전략이 될 수도 있지만, 어떤 상황에서는 위험할 수도 있다. 많은 사람들이 자신의 어려움을 철저하게 이해하고 있지 못한다면 결국 그들이 기대하나는 충고는 해가 될 것이다.

심지어 좋은 충고를 해도 곤란에 빠질 수 있다. 특히 진실과 관련된 충고라면 더욱 그렇다. 오스카 와일드는 이렇게 썼다. "충고를 하는 것은 언제나 어리석은 짓이지만, 좋은 충고를 하는 것은 치명적이다." 많은 경우에 진실을 말하는 것은 위태로운 사다리의 첫 단에 발을 올리는 것이나 다름없다.

예를 들어 친구가 당신에게 요리를 대접해 주면서 어떻게 조리법을 개선하면 좋겠냐고 물었다면, 조리법을 개선할 스무 가지를 지적하는 것은 현명하지 못한 방법이다. 그랬다가는 수플레를 먹을 기회를 놓칠 뿐더러 수플레는 당신이 처음 입은 값비싼 셔츠에 뒤범벅되어 있을 것이다.

결론적으로 남에게 충고를 하는 것은 실패 아니면 본전치기, 둘 중 하나일 뿐 좋은 결과를 내기란 거의 불가능하다. 상대가 당신의 충고를 받아들이고 그 충고가 유용하다는 것을 깨달았다 해도 당신에게 그 사실을 알려줄 리도 없다. 아니, 십중팔구 그 충고를 해 준 당사자가 누구였는지도 잊었을 가능성이 크다. 반대로 당신의 충고를 받아들인 결과 해를 입었을 경우에는 그 충고를 해 준 당사자가 누구였는지 결코 잊지 않을 것이다. 어쩌면 고약한 충고를 해 주었다고 당신에게 앙심을 품을 수도 있다. 요약하면 남의 개인사와 관련된 일에는 말려들지 않는 것이 상책이라는 것이다. 특히 상대가 청하지 않았을 때는 더욱더. 완벽하게 균형 잡힌 한 사람으로서 당신은 청하지도 않은 충고를 하면서 스스로의 자아를 부풀릴 필요는 없다. 혹시라도 기어코 충고를 해야겠다면, 적정한 비용을 지불하지 않는 한 당신의 충고를 포함해서 누구에게도 절대로 조언을 받지 말라고 하라.

충고를 해 달라는 청에 어떻게든 반응을 보여야 할 경우라면 최대한 짧게, 간단히 하자. 그렇다 하더라도 극도로 민감한 사안일 때는 물건이 당신에게 날아들면 고개를 낮추어야 한다는 것을 잊지 말기를.

34
부정적인 사람들로부터 얼른 물러날 것

이 세상에 뭐가 잘못되었는지에 대해 다 안다고 여기는 부정적인 사람을 한둘은 알고 있을 것이다. 이런 부정적인 사람들은 분명 유쾌한 존재가 아니며 같이 지내기에도 상당히 까다롭다. 당신도 나와 비슷한 부류라면, 그런 사람들과 잠시라도 시간을 보낼 경우 앞으로 어떤 행동을 취할지 고민하면서 온몸을 배배 꼬고 있을 것이다.

안타깝게도, 부정적인 사람들이 당신의 삶을 간섭하지 못하도록 하는 방법은 존재하지 않는다. 당신은 설령 대안이 혼자 있는 것뿐이라고 해도, 비관적인 사람들 곁에 어정거리는 것은 피하고 싶을 것이다. 그러므로 부정적인 사람들을 만나면 빨리 알아채서 적절한 행동을 취할 수 있어야 한다.

부정적인 사람들은 할 수 있는 모든 방법을 총동원해 당신의 낙관론에 해를 입히려고 안간힘을 쓴다. 이미 당신이 그들에 대해 많이 알고 있을 때에도 그들은 자신이 살아오면서 겪은 부정적인 경험을 끊임없이 주절거리며 당신에게 불길한 징조와 추문을 한아름 선사해 준다. 그들과 오래 어울리다 보면 어느새 당신도 오로지 우울하고 음침한 세상밖에는 보지 못하게 될 수도 있다.

비관적인 사람들은 세상 전체가 자기에게 등을 돌리고 있다고 생각한다. 그런데 알 수 없는 이유로, 그들은 남들도 같은 경험을 하기를 바란다. 그들은 모든 것을 아는 비평가들이다. 적어도 그들은 그렇게 생각한다. 비관적인 사람들은 세상이 형편없는 곳이라는 점에서 자신의 견해를 지지해 줄 만한 이들에게 구애를 아끼지 않는다. 그리고 일단 지지를 얻을 수 있겠다는 생각이 들면 머리카락에 붙은 껌처럼 찰싹 달라붙어 떨어지지 않는다. 그중 몇몇은 평생을 바쳐 남들을 비참하게 만드는 일을 해 왔다. 도저히 이해할 수 없지만 이들은 그런 노력에서 희열을 맛보는 듯 보이기 까지 한다.

부정적인 사람들은 유머감각이 없다. 그들은 삶이란 그저 허섭스레기일 뿐이며 더 이상 나빠질 수 없을 만큼 나쁘다고 생각한다. 비관적인 사람들의 특별한 자질 한 가지는 낙관적인 사람을 자기들과 같은 침울한 수준으로 끌어내릴 수만 있다면 무슨 일이든 발 벗고 나선다는 점이다. 사실상 비참함은 동반자를 사랑하는 것으로 그치지 않는다. 비참함을 집요하게 요구하는 것이다! 그들은 열정 넘치고 기운 팔팔한 사람들조차 끌어내릴 수 있는, 불행의 실례를 무궁무진하게 알고 있다.

어쩌면 당신은 부정적인 사람들을 설득해 당신처럼 긍정적인 사람으로 만들 수 있다고 생각할지도 모른다. 그러나 얼마나 노력을 쏟아붓든 변신의 예는 거의 찾아보기 힘들다. 부정적이고 성공하지 못한 사람들은 긍정적이고 성공한 사람을 가장 싫어한다. 따라서 그들처럼 세상을 왜곡된 시각으로 보는 것을 택하는 사람이 있음을 있는 그대로 받아들이는 편이 현명하다.

아마도 당신은 신경증환자 한두 사람을 떠맡는 것을 과업으로 삼은 선한 사마리아 인일 수도 있다. 그러나 나는 이 모험이 부질없는 짓이라는 걸 경고해야겠다. 그들의 성격을 새로 이식하지 않는 한 당신의 노력은

무용지물이 될 뿐이다. 행복과 생존이 위태로운 지경에 처했다 하더라도 부정적인 사람들은 결코 변하지 않는다. 설령 변화할 능력을 갖고 있다 하더라도, 오히려 자기 편으로 개조할 상대를 찾고 무슨 수를 써서든 자신의 견해를 고수해 나가는 사람들이기 때문이다.

부정적인 사람들은 호시탐탐 당신의 삶에 끼어들 때를 노린다. 당신의 삶에 끼어들기 전에 그들을 제지할 수 있어야 한다. 일부는 당신의 시간을 요구할지도 모른다. 호의를 요구하는 사람도 있을 것이다. 심지어는 자신의 생계를 책임지라고 요구할 수도 있다.

간단히 말해서 불행한 사람을 행복하게 만들겠다고 시간을 들이는 것은 쓸데없는 짓이다. 그런 일이 가능하려면 당신이 마법사여야 한다. 부정적인 사람을 효과적으로 다루는 방법은 단 한 가지뿐이다. 바로 당신의 삶에서 그들을 떼어 놓는 것이다. 그들로 하여금 다른 쪽을 보게 하고 당신은 반대편으로 향하라. 상대가 당신의 힘을 빼는 것을 깨달았다면 같이 어울리지 않는 것이 최선이다. 빨리 달아날 길을 찾아보라. 슬그머니 물러나서는 안 된다. 얼른 뛰어 달아나라!

객관적으로 말하면 부정적인 사람들은 보다 나은 것을 모르는, 무지한 이들일 뿐이다. 게다가 그들이 온전한 실패의 본보기만은 아니다. 우리 자신이 되고 싶지 않은 부류의 사람들이 어떤 모습인지 몸소 생생히 보여주고 있으니까.

35
얼간이들과 어울리면 얼간이가 된다

좋은 관계를 맺으려면 친구들을 잘 선택해야 한다. 성공의 걸림돌이자 시간을 잡아먹는 훼방꾼 한 가지는 바로 바람직하지 않은 사람들과 사귀는 것이다. 그런데 놀랍게도 많은 사람들은 자기가 좋아하지도 않는 이상한 성격의 사람들과 시간을 보낸다. 그런 사람들과 어울리는 것은 시간, 에너지, 창의력, 그리고 돈을 잡아먹는 일이다. 심지어는 건강, 주로는 정신적인 건강까지 좀먹을 수도 있다.

직장 생활과 개인적인 삶에서 모두 성공을 거두려면 당신에게 영감을 불어넣고 보다 높은 자리로 이끌어 줄 친구와 사귀는 것이 큰 도움이 된다. 마크 트웨인은 충고했다. "당신의 야망을 깎아내리려고 애쓰는 사람들을 멀리하라. 그릇이 작은 사람들은 늘 그렇게 행동한다. 진정으로 훌륭한 사람들은 상대방도 그렇게 훌륭해질 수 있다고 느끼게 해 준다." 달리 말하면 당신과 가장 가까운 사람들은 당신을 끌어내릴 수도, 발전시킬 수도 있다는 뜻이다. 아이디어를 교환할 수 있고, 영감을 얻을 수 있으며, 만날 때마다 낭패감을 느낀 상태에서 헤어지지 않아도 되는 추동력 있는 사람들과 어울리고 싶지 않은가.

같이 어울리면 내가 특출나 보인다는 이유만으로 얼간이들과 친구가 되는 것은 정말이지 끔찍한 실수이다. 단언컨대 멍청이나 얼간이들과 어

울리면서 좋은 날을 기대해서는 안 된다. 그 무리와 어울리다 보면 당신도 그 일원이 될 가능성이 크다.

당신 자신이 부정적이라면 부정적인 사람들은 어디서든 만날 수 있다. 부정적인 사람들의 의견을 듣다 보면 당신이 누군가, 혹은 무엇인가에 대해 가지고 있던 부정적인 견해가 더욱 확고해진다. 당신에게 부정적인 에너지와 부정적인 믿음을 잔뜩 쏟아부을 뿐인 부정적인 사람들과 어울리는 것이 무슨 득이 되겠는가? 당신도 쉬지 않고 싸워 나가야 할 부정적인 감정을 이미 충분히 끌어안고 있을 텐데 말이다.

최상의 방책은 무슨 수를 써서든 어두운 기운을 전하는 사람들을 피하는 것이다. 대신 밝게 해 주는 사람을 만나자. 낮은 기준을 설정해 놓고 그나마도 달성하는 데 실패를 거듭하고 있는 사람들을 멀리하자. 대신 원대한 꿈을 지닌 사람들과 친구가 되자. 삶에서 소중하게 붙잡을 것이 없는 사람들이 아닌, 무언가를 이룬 사람들과 어울리자. 후자가 전자보다 훨씬 찾기 어렵지만 일단 찾으면 당신이 치른 비용은 충분히 보상받을 것이다.

유유상종이라고, 같은 깃털을 가진 새끼리 어울리게 마련이다. 그러니 독수리와 함께 비상하고 싶다면 칠면조들과는 돌아다니지 말아야 한다. 얼간이들과 어울리다 보면 당신도 언젠가는 그렇게 된다. 지속적으로 멍청한 사람들의 방해를 받는 한 성공을 거두기는 어렵다. 게다가 인생의 패배자들과 어울리다 보면 패배자의 수가 점점 더 많아지는 모습을 보게 될 것이다. 패배자의 수효가 갑절로 늘어난다는 게 불가능하다고 생각할지 모르지만 실제로가 그렇다.

멋지고 창의적인 사람들과 만나다 보면 자신도 멋지고 창의적이 될 확률이 커진다. 예를 들어 멋지고 창의적인 웹디자이너들과 어울리다 보면 당신도 멋진 사람이 된다. 멋지고 창의적인 코치들, 멋지고 창의적인 경비원들, 멋지고 창의적인 엔지니어들—왕년의 엔지니어로서 나 역시 이 부류에 들어간다고 감히 자신하지만—도 마찬가지다. 요점은 당신이 어울리는 사람이 당신의 일부가 된다는 것이다. 당신의 부모님도 멍청이들이나 패배자들과 어울리지 말라고 경고하지 않았던가?

조지프 마셜 웨이드의 말에 귀를 기울여 보자. "떠돌이가 되고 싶다면 나는 가장 성공한 떠돌이를 찾아 정보를 구하고 조언을 얻을 것이다. 실패자가 되고 싶다면 나는 한 번도 성공한 적이 없는 사람에게 조언을 구할 것이다. 어떤 일에 성공하고 싶다면 주위를 살펴 성공한 사람들을 찾아 그들이 했던 일들을 똑같이 따라할 것이다."

당신에게 가르침을 주고, 불평과 게으른 태도로 당신의 귀중한 에너지를 소진시키지 않는 긍정적인 사람들과 커피를 마시자. 삶이 제공하는 최상의 것을 추구하고 계속 앞으로 나아가려는 사람들과 관계를 맺다 보면, 당신이 오르려는 산 정상으로 가는 길에 함께할 훌륭한 동료를 만나게 될 것이다.

36
바보와 말다툼한다면 둘 다 바보다

많은 사람들이 언쟁하기를 좋아하며, 말다툼으로 시간을 보내는 것을 선호한다고 해도 그리 과장은 아닐 것이다. 이런 신경증환자들은 논쟁이라면 어디든 눈에 불을 켜고 달려든다. 상대를 말다툼에 말려들게 함으로써 상대의 생각과 신념을 폄하할 기막힌 기회를 얻으니 말이다. 일부는 오로지 상대를 억누를 요량으로 아무것도 아닌 일로 언쟁을 벌이기도 한다. 그들이 던지는 미끼를 문다면 언젠가는—대부분 한참 늦은 후에—이 사람들이 얼마나 비합리적인지를 깨닫게 될 것이다. 말다툼 벌이기를 좋아하는 사람들을 옆에 두면 그들은 당신을 완전히 돌아버릴 지경으로 만들 것이다.

어쩌면 당신도 논쟁거리를 사랑하는 사람일지도 모르겠지만, 상대가 친구나 친척, 배우자라 하더라도 사소한 말다툼에 시간을 낭비하기에는 인생이 너무 짧다는 점을 깨달아야 한다. 사소한 문제를 두고 입씨름을 벌이는 것은 참된 삶을 사는 데 이용할 소중한 시간과 에너지를 낭비하는 일이다. 그리고 또 하나 중요한 점은 어차피 이길 승산이 없는 언쟁에는 애초부터 말려들 가치도 없다.

친구나 지인과 말다툼을 하게 되었다면 이 논쟁이 어떻게 끝날지 자문해 보자. 과연 대가가 있을까? 논지를 충분히 이야기했다면 그냥 물러

나면 그만이다. 당신이 아무리 타당성이 있고, 아무리 훌륭한 논지를 펼쳐도 상대의 견해를 변화시키는 데 성공하는 경우는 극히 드물다.

누군가의 건강이나 재정에 큰 영향을 미칠 수 있는 문제에서 당신이 전적으로 옳고 상대가 완전히 틀렸다는 것을 확실히 알고 있을 때는 어떻게 해야 할까? 문제는 당신이 상대에게 영향을 미치려고 애를 쓸수록 사람들은 더욱 거부하려고 한다는 점이다. 비이성적인 사람에게 반대하고 나서는 것은 오히려 그들을 부추기는 꼴이 된다. 자기가 뭘 잘못하고 있는지 스스로 알게 될 때까지 내버려 두는 것이 상책일 때가 많다. 실수를 저질러야 빨리 배우는 법이다. 조시 빌링스가 이야기한 대로 "바보에게 틀렸다는 것을 납득시키는 최선의 방법은 그냥 제멋대로 하도록 놔두는 것"이니까.

친구나 지인, 배우자와의 논쟁에 시간을 쓰는 것은 별개의 문제다. 단, 말씨름하면서 시간 보내기를 좋아하는 사람과 말다툼을 벌이고 있다면 지금 당신이 제정신인지 진지하게 자문해 보아야 한다. 반대를 위한 반대를 일삼는 사람들이 있다. 반대야말로 그들이 온 곳이며 그들이 향할 곳인 셈이다. 당신의 신념이 어떻든 무조건 공격의 대상이 될 것이다. 그들의 인생관이 당신과는 판이하게 다르다면 상황은 걷잡을 수 없어진다. 당신이 그들의 논지에 흠집을 낼 때마다 상대는 더욱더 이성을 잃고 날뛴다. 당신의 견해를 입증할 증거를 아무리 제시해도 그들은 본 척도 하지 않는다. 어차피 진실과 논리에는 관심이 없기 때문이다. 말다툼을 좋아하는 사람은 별것도 아닌 일을 트집 잡고, 쓸모없는 생각을 늘어놓고, 형편없는 논지를 옹호하고, 명쾌한 사실조차 무시한다. 당신이 압도적으로 많은 증거를 제시한다고 해도 그들은 눈곱만큼도 달라지지 않는다.

툭하면 말다툼을 벌이는 사람들을 다루는 원칙 중 네 가지만 살펴보자.

1. 논쟁을 벌일 가치가 있는 것이라면 피할 가치는 더 클 것이다.
2. 자기가―혹은 당신이―무엇에 대해 이야기하는지도 모르는 사람을 말로 납득시킬 수는 없다.
3. 언쟁을 끌어봐야 결국 무용지물이다.
4. 논쟁으로 친구를 잃는다면 결국 이긴 사람은 없는 것이다.

스스로가 어이없는 논쟁에 말려들고 있음을 깨닫는다면 즉시 빠져나오는 것이 상책이다. 어쩌면 당신은 그 문제로 흥분하거나 성질을 부리고 싶어질지도 모른다. 절대 그 미끼를 물지 말기를. 말다툼 중독자를 제거하는 효과적인 방법 하나는 깨끗이 무시하는 것이다. 침착함을 잃지 말고 자신의 유쾌한 태도를 유지하자. 최선의 반응은 논쟁을 사랑하는 신경증환자와는 아예 상종을 하지 않는 것이다.

도무지 합리라고는 모르는 사람과 말다툼 하고 싶은 유혹을 느낄 때면, 왜 그런 멍청이를 구태여 당신 뜻에 맞게 개조하고 싶은지 자문해 보자. 아서 블로크가 제안한 논쟁의 제1법칙을 따르는 것은 무척 중요하다. "바보와는 논쟁을 하지 마라. 어차피 아무 차이도 모를 테니까." 이 말을 내 식으로 표현하면 이렇다. "바보와 말다툼할 때는 양편 모두 제정신이 아닌 것이다."

37

자신을 과시하는 데 많은 시간을 쓰지 마라

새뮤얼 존슨의 말에 따르면 "대다수의 사람들은 자신이 갖고 있지 않은 자질을 과시하려고 애쓰면서 많은 시간을 보낸다." 우리는 인기를 얻고 싶은 욕망때문에 없는 자질을 부풀려 세상을 감동시키려한다. 값비싼 옷이나 근사한 스포츠카, 큰 집, 최신 유행 따라 하기, 유명한 사람들과의 친분, 왕년의 업적 따위를 이용하여 주목받고자 한다.

인간은 사회적 동물이기 때문에 다른 사람들의 관심이나 존경을 받고 싶은 욕구는 자연스러운 것이다. 사람들의 사랑을 받는 것은 누구에게나 중요하다. 그러나 훌륭한 성품을 가진 사람과 교류하고 싶다면 있지도 않은 자질을 과시하는 것은 오히려 걸림돌이 될 수 있다.

겉만 번지르르한 채 다른 사람들의 마음을 얻으려고 아무리 애를 써 봐야 훌륭한 성품을 가진 사람의 마음을 얻기는 어렵다. 상대의 마음을 얻는 최선의 방법은 마음을 얻으려고 애쓰지 않는 것이다. 균형감 있는 사람은 내적 자신감이 충만하고 남의 인정을 갈구하지 않는 이들에게 매력을 느끼게 마련이다.

물론 자신의 성과로 인해 돋보이는 것은 멋진 일이다. 그러나 성과를 자랑하는 것으로 남들에게 자신을 입증하려고 하면 상당히 많은 에너지가 든다. 당신의 직업 생활을 중요시하는 사람—잠긴 문을 따고 직업적, 경제적으로 성공의 기회를 만들 수 있는 사람—은 당신이 사적으로 마음을 얻으려고 애쓴다는 것이 명백할 때에도 전혀 영향을 받지 않을 것이다. 마찬가지로 개인적인 면을 중요시하는 사람이라면 당신이 지나치게 오랫동안 스스로를 과시하는 데 보낸다는 생각이 들면 당신을 피하기 시작할 것이다.

업적만큼이나 외모와 부, 혹은 영향력으로 다른 사람을 부추기는 것 또한 부질없는 짓이다. 어떤 사람들이 이런 것들로 감명을 받을까, 한 번 자문해 보자. 당신이 의미 있고 즐거운 관계를 맺고 싶은 부류의 사람들은 아닐 것이다. 그리고 당신에게 가치가 있는 사람이라면 누구든 당신의 진정한 자질을 발견하게 될 것이다. 특히 자신들이 헛된 겉치레에 홀렸다는 것을 깨닫고 난 뒤에는 더욱.

간단하게 말해서 자신이 아닌 다른 모습으로 보이려고 노력한다면 골칫거리만 잔뜩 안게 될 뿐이다. 당신의 어떤 말이나 행동도 당신의 성품에 부정적으로 반영될 수 있다. 자신의 진정한 모습이 아닌 다른 모습이 되길 바란다면 남들에게는 결국 자신의 비참함을 보이게 될 뿐이다. 삶이라는 게임에서 진정으로 성공을 거두었다면 다른 사람에게 무언가를 증명해 보일 필요가 없다.

사람들의 시선을 의식해 값비싼 차를 몰거나 넓은 집에 살거나 최신 유행하는 옷을 입을 필요는 없다. 사람의 마음을 얻기 위한 최상의 대안은 자신의 모습 그대로 있는 것이다. 자신이 아닌 행동이나 허상을 보이려고 애쓰는 대신 진정한 모습을 보여야 한다.

남들이 나를 어떻게 생각하는지에 대해서는 신경 쓰지 말자. 전적으로! 완전하게! 1백 퍼센트! 그렇게 하면 낙담과 당혹감을 느끼지 않을 수 있다. 윌리엄 셰익스피어의 다음 말을 기억해 두자. "무엇보다도 이것이

가장 중요하다. 자신에 대해 진실하라."

자신의 진정한 모습을 다른 사람들과 공유하는 것은 멋지고 만족스러운 경험이다. 그러기 위해서는 필사적으로 굴지 않아야 한다. 애타게 갈구할 때 당신에게 오는 애정의 양은 최소가 된다. 스스로 즐기면서 진정한 모습을 보이는 법을 배워야 한다. 훌륭한 성품을 가진 사람은 당신이 무엇을 지지하는지, 무엇을 위해 열심히 싸우는지, 무엇을 위해 살아가는지를 보고 당신의 인성을 판단하게 되어 있다.

어쩌면 당신은 전 세계에 감명을 주고 싶다는 마음을 갖고 있을지도 모른다. 그렇다면 세상에 긍정적인 변화를 일으키기 위해 시간을 할애해 보자. 세상도 감명을 받을 테니까. 마더 데레사가 그 누구보다도 훌륭한 예이다.

적극적으로 인기를 추구하지 않을 때 당신의 인기는 새로운 고지에 이르게 될 확률이 높다. 남들에게 얼마나 감명을 주었는가는 당신이 진정한 자신의 모습을 얼마나 공유했는가에 정확히 비례하며, 그들에게 감명을 주기 위해 자신의 실제 모습에서 얼마나 벗어났는가에 정확히 반비례한다.

38
친절한 사람이 좋은 사람은 아니다

우리는 친절한 사람과 좋은 사람을 동의어로 여기는 문화에서 살고 있다. 그래서 실제로는 심각한 성격적 결함을 갖고 있음에도 친절하다는 이유로 훌륭한 사람으로 오인되기도 한다. 반면에 실제로는 아주 좋은 사람임에도 단지 친절하지 못하기 때문에 심각한 성격적 결함을 가진 것으로 오해받는 사람들도 있다. 그러면 무엇이 좋은 사람을 만드는 것일까? 넬슨 만델라는 우리에게 일깨워준다. "선량한 머리와 선량한 가슴은 언제나 무적의 조합이다."

물론 좋은 사람과 나쁜 사람을 구분하기 어려울 때가 많다. 예를 들어 내게는 지인들의 눈에 친절한 사람으로 인정받지 못하는 한 친구가 있다. 언제나 직설적이어서 사건이나 사람, 상황에 대해 곧이곧대로 이야기하는 통에 다른 이들의 심기를 불편하게 만들기 일쑤이다. 그러나 그 친구는 친구들이나 걸인, 그 밖의 곤란에 처한 사람들에게 돈이나 여타의 도움을 주는 데 지극히 너그럽다. 이와 대조적으로 수많은 친절한 사람들이 곤란에 처한 사람들을 돕기 위해 발 벗고 나서는 경우는 좀처럼 보기 드물다.

친절한 사람이 좋은 사람이 아닐 수 있고, 좋은 사람도 친절한 사람은 아닐 수 있다는 사실은 놀라운 일로 받아들여진다. 직설적이거나 무례하

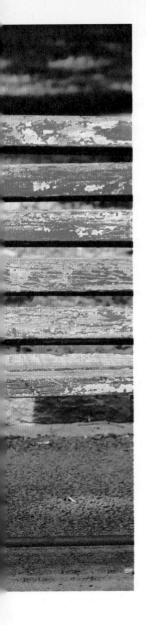

거나 화를 내는 사람보다는 상대하기가 훨씬 쉽기 때문에 우리는 모두가 친절하기를 바란다. 그러나 사실 친절함은 성격적 결함이 있는 사람이 내면을 숨기기 위해 사용하는 허울일 수 있다. 친절하게 보이는 이들 중에는 다른 사람들로부터 애정을 갈구하는 이들도 있다. 친절한 사람의 허울 뒤에는 언제나 억압된 분노, 다른 사람들에게 설명 가능한 행동으로 전환되기를 기다리는 분노가 도사리고 있다고 주장하는 심리학자나 정신과 의사들도 많다.

핵심은 친절한 사람들에게 주의를 늦추지 말라는 것이다. 카리스마에 매료되어 지나치게 오랫동안 상대를 곁에 두곤 하는데, 꽤 오랜 시일이 지나고 난 뒤에야 그들의 성격적 특징이 드러나기 때문이다. 많은 사람들이 친절하게 굴어 우리의 판단을 흐리게 한 뒤 우리를 이용하곤 한다. 긴 줄에서 새치기를 하거나 이제껏 보지 못한 어마어마한 계략으로 우리를 꾀어낼 수도 있다. 남을 속여 돈이나 그 밖의 다른 것을 얻어 내려는 흑심을 품은 사람은 예외 없이 스스로가 덕의 표상인 양 굴기 마련이다. 겉으로 보이는 친절함에 근거해 상대의 성격에 대해 선부른 결정을 내리게 되면 훗날 심각한 결과와 환멸을 마주하게 될 수도 있다.

극단적인 경우로 노인들의 돈을 갈취하거나 성범죄를 저지르거나 지인을 살해하는 사람은 대부분 친절한 사람들이다. 방금 누군가를 공격해 상해를 입히거나 살해한 사람을 묘사할 때 "여태까지는 평판이 아주 좋았어요."라는 말을 듣는 경우가 얼마나 많은가.

반면에 좋은 사람이 항상 친절한 것은 아니다. 개인의 자기실현을 연구한 심리학자인 에이브러햄 매슬로는 가장 높은 심리적 발달 단계에 이른 사람들이 반드시 유쾌한 사람들은 아니라는 것을 발견했다. 자기실현을 한 사람들은 차분한 사람들도 아니었다. 그들은 종종 화를 잘 냈다. 친절한 이들과 달리 자기실현을 이룬 사람들은 필요할 때는 다른 사람에게 건설적인 비판을 가한다. 훌륭한 사람들은 자기와 다른 모습을 가장하지 않으며, 언제나 모두를 기쁘게 하려 들지 않는다. 남들에게 상당히 관대하기는 하지만, 불의나 부정직, 혹은 어리석음과 관련되었을 때는 불같이 화를 낼 수도 있다.

세상에 차이를 만들어 내는 데 당신을 지원해 줄 훌륭한 성격을 가진 사람들이 주위에 가득하길 원하는가? 그렇다면 친절하지 않다는 이유로 좋은 사람을 경시할 일이 아니다. 많은 좋은 사람들이 불안정한 면모를 가지고 있다. 그들도 화를 내며, 심지어는 삶에 대해 낙담해 있을 수도 있다. 그들은 거짓말이나 속임수, 무분별, 또는 위선을 참지 못하기 때문에 때로 분노를 분출하고, 인내심 없이 굴기도 하며, 사람들의 질시어린 시선을 받기도 한다. 그럼에도 그들의 정직함, 신의, 강직함, 좋은 성품, 지혜, 분별력은 결국 당신으로 하여금 정말 훌륭한 사람을 곁에 두었다는 걸 깨닫게 해 줄 것이다.

39
세상의 모든 사람은 이기적

지구상의 절대다수의 사람들은 스스로를 평균보다 훨씬 덜 이기적이라고 생각한다. 그러나 곰곰이 생각해 보면 그것은 말이 되지 않는다. 이기적인 정도를 측정할 수 있다고 가정한다면, 세상 사람의 대략 절반 정도는 평균 이상으로 이기적이어야 하고 나머지 절반이 평균 이하로 이기적이어야 마땅하다. 요점은 절대 다수의 사람이 평균보다 덜 이기적이기는 불가능하다는 뜻이다. 그러나 굳이 이기심을 측정할 필요는 없다. 잘 알려진 사실이지만 세상의 모든 사람―당신과 나를 포함해서―은 죄다 이기적이니까.

자신이 다른 이들과 마찬가지로 이기적이라는 생각을 받아들이기 쉽지 않은 사람도 있을 것이다. 우리는 이기적인 사람과 그렇지 않은 사람을 양극단으로 생각하는 경향이 있다. 우리 중의 상당수는 남들이 자신을 이기적인 사람으로 보지 않기를 바란다. 게다가 대부분의 우리는―우리의 이기심에서라고 덧붙이고 싶은데―다른 사람들이 덜 이기적이기를 바라기도 한다.

상대가 당신에게서 기대하는 뭔가를 소홀히 한다는 이유로 당신에게 이기적인 사람이라는 딱지를 붙이는 것을 알게 된 적이 있는가? 여기서 질문 하나가 있다. 당신에게서 무엇인가를 얻어 내려고 애쓰는 와중에 당신에게 이기적인 딱지를 붙이는 그들의 동기는 무엇일까? 그것은 분명 그들 자신의 이기심이다. 오스카 와일드는 명료하게 그 점을 웅변했다. "이기심은 자기가 살고 싶은 방식으로 사는 것이 아니라, 다른 사람에게 자기가 살고 싶은 대로 살라고 하는 것이다."

일반적인 생각과 달리 남을 위해 무언가를 하는 것 역시 이기심의 발로이다. 한 무명의 현자는 이타주의를 '이기적인 이유로 이기적이지 않은 일을 하는 기술'이라고 정의한 바 있다. 달리 말하면 우리 모두는 이기적인 방식으로 관대한 것이다.

예를 들어 내가 자선사업에 돈을 기부하는 것이나 푸드뱅크에 음식을 기부하는 것은 이기심의 발로이다. 나는 세상이 보다 나은 곳이 되기를 바라기 때문에 기부를 한다. 다른 사람에게 뭔가를 해 준다는 사실에 기분이 좋아지기도 한다. 나는 장기적으로 세상이 보다 좋은 방향으로 움직이기를 바라는 이기심에서, 나를 위해 돈을 덜 쓰는 행동을 한 것이다. 내 관대함은 사심이 없는 것이 아니다.

이 문제를 적절히 살펴보려면 '이기심'과 '무사無私'의 사전적 정의로 돌아가야 한다. '무사'라는 말은 사사로운 마음이 없음, 즉 자신에 대한 고려가 없다는 뜻이다. 이 정의에 따르면 정상적인 정신을 가진 사람이라면 누구도 사심이 없을 수가 없다. 자신에 대한 고려가 없다는 것은 심각한 정신적 질병의 징후이거나 이미 사후경직이 일어난 상황이라는 뜻이 될 테니까. 사심이 없다면 집이나 자동차, 옷쪼가리 하나도 가지고 있을 수가 없다. "나보다 이게 필요한 사람이 수백만은 될 거야. 난 배려심 넘치고 이기적이지 않으니까 그 사람들더러 다 가지라고 해야겠다." 이렇게 말하면서 말이다.

사전에 보면 '이기심'은 '자기 자신만을 생각하는 마음'이라고 정의되어

있다. 그러므로 지구상의 모든 정상적인 정신을 가진 사람은 이기적일 수밖에 없다. 우리 모두는 주로 자신에 대해 생각하게 마련이다. 남을 위해 무언가를 한다 해도 궁극적으로 그것은 자신을 위한 것이다. 남을 위해 선행을 베푸는 동기는 죄책감을 피하려는 것일 수도, 스스로 대견한 느낌을 갖고 싶어서일 수도, 남들이 나를 좀 더 좋아해 주길 바라는 것일 수도, 세상을 좀 더 나은 곳으로 만들려는 것일 수도, 천국에 가려는 것일 수도 있다.

그렇다고 성을 내지는 말기를. 당신의 이기심은 좋은 것도, 나쁜 것도 아니니까. 그저 있는 그대로 받아들이기만 하면 된다. 그러나 당신의 이기심이 지각 있는 것이 되어야 한다는 점만은 기억해 두기 바란다. "여기는 내 세상이야. 이 세상은 나를 중심으로 돌아가. 나, 나, 바로 나!" 이런 태도를 보이는 것은 비이성적인 이기심이며, 이 경우 누구나 당신을 피하게 될 것이다. 지각 있는 이기심을 보이면 당신은 친절하고 너그럽고 인정 많고 사려 깊게 보일 수 있다. 선한 사마리아인이 되는 것은 당신의 안정에도 긍정적인 영향을 미친다. 스스로에 대해 대견한 느낌을 갖게 될 것이고, 성품이 좋은 사람들이 당신의 친구가 되고 싶어 할 것이며, 결국에는 세상이 더욱 원활하게 돌아가게 될 것이다. 그리고 무엇보다도 천국이 당신 눈앞에 있게 될 것이다!

40
약속을 어긴 사람이 또 약속을 어긴다

연못을 건너고 싶어하는 전갈이 친절한 개구리를 만났다. 전갈은 개구리에게 말했다. "나를 연못 건너편으로 데려다 주겠니? 난 헤엄을 못 치거든. 그래 주면 정말 고마울 거야." 그러자 개구리는 대답했다. "천만에. 난 전갈이 어떤 동물인지 잘 알아. 예전에 나를 쏘지 않겠다고 약속해서 태워 준 적이 있었어. 하지만 약속을 지키지 않고 나를 쏘았지. 하마터면 죽을 뻔했단 말이야. 이번에도 보나마나 연못을 반쯤 건너가면 넌 나를 쏠 테고, 그러면 난 건너편까지 갈 수 없을 거야. 난 물에 빠져 죽고 싶지 않아."

그러자 전갈이 반박했다. "멍청한 소리 말아. 내가 네 등에 타고 있으면 난 너한테 전적으로 의지해 연못을 건너는 거잖아. 내가 너를 쏘면 나도 물에 빠져 죽고 말 텐데 내가 왜 그러고 싶겠어?" 개구리는 잠시 생각해 보고 대답했다. "네 말이 맞는 것 같구나. 올라타."

전갈은 개구리의 등에 올라탔고 둘은 반대편 기슭을 향해 헤엄쳐 가기 시작했다. 반쯤 건너자 전갈은 개구리를 호되게 쏘았다. 두 마리 모두 물속으로 가라앉기 시작했을 때 개구리가 전갈에게 물었다. "도대체 왜 그런 거야? 왜 날 쏘지 않겠다는 약속을 지키지 않았지? 이젠 우리 둘 다 죽게 생겼잖아." 전갈의 대답은 인간 전갈들에게서 여러 번 들어 봤을

만한 것이었다. "나도 어쩔 수 없었어. 원래 그렇게 태어났는걸."

이 이야기의 교훈은 과거에 누군가가 당신과 한 약속을 지키지 않았다면 미래에 다시 되풀이할 확률이 95퍼센트 이상이라는 것이다. 우리 대부분에게는 힘겨운 교훈이다. 사실상 우리는 평생을 통틀어 이 교훈을 몇 번이고 되풀이해 배우곤 한다.

사업상의 거래나 사회적 약속에서 발을 빼는 사람들이 같은 일을 반복하는 경향이 있다는 사실을 당신도 잘 알고 있을 것이다. 이 행동은 앞서 이야기한 두 현상으로 잘 설명된다. 바로 우리는 인간일 뿐이라는 것과 사람들은 좀처럼 변하지 않는다는 것이다. 인간의 본성이 그렇기 때문에 누군가가 과거에 저지른 짓을 사과하고 다시는 그러지 않겠다고 약속한다 하더라도 다시 반복되고 마는 것이다. 그러니 약속을 지키지 않는 사람에게는 어떤 반응을 보이는 것이 최선일지 결정해야 한다.

다시 반복될 것이라는 95퍼센트의 확률은 당신이 요구하기 전에 상대가 먼저 사과했을 때에도 적용된다. 당신이 사과를 요구하고 상대가 응했을 때는 다시 반복할 확률이 99퍼센트에 이른다. 이것은 아예 사과를 하지 않을 때와 같은 확률이다.

그 이유는 어떤 압박감—예를 들어 사과를 하지 않으면 당신이 우정이나 사업 관계를 끝낼—에서 요구된 사과는 일종의 협박이기 때문이다. 다시 말하면 다른 사람으로부터 위압감을 느껴 하는 사과는 진정한 사과가 아니라는 것이다. 사실 요구하지 않아도 사과하는 것이 진정한 사과—뭔가 의미가 있으며 마음에서 우러난—이다.

나는 개인적으로, 걸핏하면 사업이나 사회적 약속에서 발뺌하는 사람들과는 상종하기를 꺼린다. 사과를 하든 그렇지 않든 말이다. 격론이나 도발 따위는 필요치 않다. 약속을 지키지 않으면 나는 다시는 연락을 하지 않는다. 그럴싸한 이유를 들어 사과 전화를 하면 한 번 더, 어쩌면 두 번까지는 기회를 줄 수도 있다. 그러나 세 번째는 삼진아웃이다. 어떤 예외도 없이 이 원칙을 따름으로써 나는 약속을 신의 있게 지키는 훌륭한 몇 사람과 교류할 수 있게 되었다.

요약하자면 누군가가 예전에 당신을 낙담시킨 적이 있다면 그 사람이 다음번에는 그러지 않겠다고 약속하더라도 신경을 곤두세우라는 것이다. 사업상의 거래든 사회적 만남이든 상대가 얼마나 매력적이고 전도유망하건, 다른 곳에 관심을 기울이는 것이 최선이다. 그렇지 않으면 첫 번째 위반이 우연이 아니었다는 것을 깨닫게 될 수도 있다.

사실상 그런 사람들과 오랜 시간 어울리다 보면 과거의 잘못은 사소하게 보일 만큼 훨씬 고약한 일을 저지르기 십상이다. 이런 속담이 있지 않은가. "바늘 도둑이 소도둑 된다."

41
선행은 기억되기 어렵고 악행은 결코 잊히기 어렵다

한 소방관이 술집에 앉아 자신의 운명을 한탄하고 있었다. "한 번은 어느 집에 불이 났는데 사투를 벌인 끝에 개 두 마리를 구했어. 누가 기억이라도 했을 것 같아? 또 한 번은 동료들과 함께 유독가스를 마셔 가면서 낡은 교회가 큰 피해를 입지 않도록 안간힘을 쓴 적도 있지. 그래도 단 한 사람도 그걸 얘기하는 사람을 못 봤어. 언젠가는 목숨을 걸고 아이들 셋을 구하느라 불타는 집에 들어가기도 했어. 하마터면 죽을 뻔했지. 누가 그걸 기억이라도 하는 줄 알아? 내가 아는 한 아무도 없다고. 그런데 딱 한 번 미친 듯 짖어대는 개한테 욕을 하면서 발로 걷어찬 적이 있었는데 하필이면 시장 댁 개더라고. 누가 그걸 보고는 마을 사람들에게 얘기하고 다녔어. 그런데 그걸 잊은 사람이 있을 것 같아?"

이 이야기의 교훈은 분명하다. 선행은 좀처럼 기억되는 법이 없고, 악행은 좀처럼 잊히는 법이 없다는 것이다. 누군가 당신의 선행을 오랫동안 기억하리라고는 기대하지 말자. 크나큰 호의를 베풀었을 때 당신이 받을 보상에 대해 기대하다 보면 깊은 실망감과 실의를 맛보게 될 뿐이다. 게다가 선행이 잊히지 않으면 당신에게 손해가 될 수도 있다. 한 무명의 현자는 말했다. "곤궁에 빠진 친구를 도우면 그 친구는 당신을 분명히 기억할 것이다. 다시금 곤궁에 빠졌을 때에." 다시 말하면 지나치게 관대하게 굴면 어떤 이들은 당신의 선행을 감사해야 할 특혜가 아닌, 자신들의 권리인 양 생각할 수도 있다는 것이다.

그렇다고 해서 대부분의 선행이 잊힐 뿐이며 그나마 기억되는 몇 가지는 당신에게 손해가 될 수 있다는 이유만으로 선행을 베풀기를 주저해서는 안 된다. 훌륭한 사람은 순전한 이기심으로 많은 훌륭한 일을 하곤 한다. 서로에게 좋은 일을 할 때 세상이 한층 잘 돌아갈 것이기 때문이다.

여기서 한 가지 문제가 제기된다. 어떤 친구가 당신이 그에게 베푼 선행이 그가 당신에게 베푼 선행보다 더 많다는 사실을 잊는다면 관계를 청산해야 할까? 최고의 친구라도 단점이 있다는 점을 기억하자. 영국 작가 노먼 더글러스는 말했다. "친구를 찾으려면 한쪽 눈을 감아야 한다. 우정을 유지하려면…… 양쪽 눈을." 친구가 살아갈 맛을 느끼게 해 준다는 점을 감안하면, 당신이 베푸는 것보다 당신에게 덜 베푸는 친구도 있다는 사실을 눈 감고 넘어가야 한다.

행복하고 충만한 삶을 살기 위한 열쇠는 모든 시간과 에너지를 자신에게 맞추는 것이 아니다. 당신이 베푼 선행에 대해 남들이 고마워하지 않는다는 것에 초점을 맞추다 보면 비참함을 느낄 수밖에 없다. 선행을 베풀되 수혜자가 그 일을 영원토록 기억하리라고는 기대하지 말자. 그 선행의 혜택이 상대에게 얼마나 굉장한 것이든.

공자는 말했다. "친절을 행하되 감사를 바라지 마라." 중요한 것은 당신이 남들을 위해 멋진 일을 하면 기대하지 않은 순간에 더 멋진 일이 자신에게 돌아오리라는 영적인 원칙을 믿는 것이다.

친절한 행위를 할 때마다 수혜자가 고맙다고 말하는 그 이상으로 감사의 마음을 가지리라고는 기대하지 않는 것이 좋다.

선행을 오래도록 기억하는 사람이 전혀 없다는 뜻은 아니다. 하지만 그런 경우는 순전히 보너스이다. 선행은 세상이 보다 원활하게 돌아갈 수 있도록, 그리고 자신의 기분이 좋아지도록 하는 일이라고 생각하자. 또한 당신이 베푼 선행은 되도록 빨리 잊기 바란다. 대부분의 사람도 당신에 대해 그럴 테니까.

42
모든 사람을 만족시킬 수는 없다

독일의 철학자 A. 쇼펜하우어는 우리가 남들과 같아지기 위해 자신의 4분의 3을 잃는다는 결론을 내렸다. 우리가 그렇게 하는 이유 중 한 가지는 모든 사람을 기쁘게 하려고 애쓰기 때문이다. 물론 다른 사람에게서 존경과 인정을 바라는 것은 인간으로서 당연한 욕구다. 문제는 몇몇 친구나 지인에게서 존경과 인정을 받고자 하는 것이 아니다. 우리를 골칫거리에 말려들게 하는 것은 모든 사람을 즐겁게 만들려는 욕망이다.

미국의 저널리스트 허버트 베이야드 스워프는 말했다. "성공의 공식을 알려줄 수는 없지만 실패의 공식은 알려줄 수 있다. 바로 모두를 기쁘게 하려고 애쓰는 것이다." 너무도 많은 사람들이 자신의 희망과 계획, 꿈에 집중하는 대신 남들을 즐겁게 하느라 대부분의 시간과 에너지를 낭비하고 있다. 당신은 이들 중의 한 사람이 아니기를 바란다.

여기서의 핵심은 박수와 찬사, 칭송을 받는 것은 삶의 보너스이지 필수 조건이 아니라는 사실이다. 당신은 모든 사람의 사랑을 받을 수도, 칭찬을 받을 수도 없다. 사실상 냉대와 거부를 받아들이는 능력은 우리가 발전시켜야 할 귀중한 자질이다. 당신을 싫어할 수많은 사람과 마주치는 일은 피할 수 없다. 다시 말해 언제나 '모든' 사람을 기쁘게 할 수는 없다. 또한 단 한 사람이라도 '언제나' 기쁘게 할 수는 없으며, 어떤 사람

은 결코 즐겁게 하지 못한다.

한두 사람의 적을 갖는 것은 나쁜 일이 아니다. 미국 작가 엘버트 허바드는 말했다. "적이 없다면 친구도 없기 십상이다." 저명한 인본주의 심리학자인 에이브러햄 매슬로는 심리 발달에 있어 최상위 단계에 이른 사람들은 자신과 세계를 위해 옳은 일을 하기 위해 기꺼이 적을 만든다는 것을 알아냈다. 그들은 재능이 아무리 많아도, 열심히 노력해도 모두를 기쁘게 할 수 없다는 사실을 깨달은 사람들이다. 누구에게나 사랑을 받으려는 욕망은 탐욕의 또 다른 형태에 불과하다. 자기실현을 이룬 사람은 탐욕스러운 사람들이 아니다.

세상에 족적을 남기고 싶다면 주위의 모든 사람들에게 인정을 구하면서 소중한 시간을 낭비하지는 말기를. 당신은 모든 사람에게 모든 것이 되어 줄 수 없다. 남들이 당신에게 기대하는 모습이 되려고 애쓰지 말자. 남들을 기쁘게 하려다 보면 초조하고 불안하고 부자연스러워지게 마련이다. 남이 설정해 놓은 기준에 맞춰 사는 것만큼 힘겨운 일은 없다. 결국 당신은 정신적, 심리적으로 고통받을 수밖에 없다.

성공은 부모님이나 다른 사람이 바라는 것이 아닌, 스스로에게 올바른 일을 하는 것이다. 무엇보다도 자기 자신이 되어야 한다. 스페인 화가 파블로 피카소는 이렇게 말한 적이 있다. "내 어머니는 내게 '네

가 군인이 된다면 장군이 될 게다. 사제가 된다면 추기경이 될 테고'라고 말씀하셨다. 그러나 나는 화가가 되었고 결국 피카소가 되었다."

다시 말하지만 당신의 인생 계획에 대해 모든 사람들의 승인을 얻으려고 애쓰지 말자. 그건 정말이지 좋지 않은 일이다. 당신의 의무는 언제나 스스로에게 충실한 것이다. 최우선순위를 정해야 한다. 가족을 돌보고 싶다면, 친구들에게 너그럽고 싶다면, 사회에 도움이 되고 싶다면 스스로를 돌봐야 한다. 모두를 즐겁게 하려고 애쓰면 결국은 아무도 즐겁게 하지 못한다.

살아가면서 사람들에게 인정받지 못하는 경우는 피할 수 없다. 그것은 당신이 개성 있는 한 인간으로서 치러야 할 대가이다. 남들이 당신에 대해 뭐라고 하든 그것은 하찮은 일일 뿐더러 전적으로 당신과는 무관한 일이다.

삶의 보다 높은 층위에서 생각할 때, 당신은 자신이 무엇을 중요하게 여겨야 할지 결정해야 한다. 모두를 즐겁게 하려는 욕구를 넘어서는 순간, 진정한 자신이 된 놀라운 만족감을 경험할 것이다. 오히려 왜 이 같은 느낌이 이토록 오랫동안 나를 비켜 갔는지 의아하게 생각될 것이다.

43
처음부터 문제에 말려들지 마라

지난 몇 년 동안 당신이 경험한 고난들, 어느 정도는 스스로가 자초한 고난들을 생각해 보자. 금전적인 곤경, 깨진 인간관계, 과속딱지, 소송, 끝나지 않는 논쟁, 건강 문제, 그리고 가족 간의 불화 등이 여기에 포함된다. 어떻게든 우회했어야 마땅했을 다른 문제들도 마찬가지다. 이런 고난에서 벗어나려고 하는 것보다 애초에 이러한 상황들을 피하는 편이 훨씬 수월하지 않았을까?

예를 들어 당신은 지금 재정난에 처해 있을지도 모른다. 청구서는 찢어버릴 사이도 없이 쌓여 가고, 돈이 한 푼도 없어서 윈도쇼핑조차 나갈 수 없을 지경이며, 빚쟁이들이 당신을 찾아 집 앞에 진을 치고 있을 수도 있다. 분명 이런 상황은 언젠가 저절로 해결될 성격이 아니다. 미리 대응하지 않았기 때문에 발생했으며, 상황이 최악으로 치닫기 전에 하루 빨리 심각한 재정적 상황에서 벗어나야 한다.

골칫거리—금전적인 문제이든 다른 문제이든—에서 벗어날 수 있는 열쇠는 애초에 그 골칫거리를 초래한 당신의 행동을 조절하는 것이다. 종종 우리는 보다 큰 관점에서 보면 별로 중요하지 않은 일을 중요하게 여기기 때문에 골칫거리를 자초하곤 한다. 한편으로 자신의 평안과 평화를 유지하는 데 무척 중요한 것들을 하찮게 여긴 결과일 수도 있다.

언제나 경계심을 갖는 것은 골칫거리가 삶에 끼어들지 못하게 하는 최선의 방어책이다. 잠재적 위험을 알아챌 정신 상태를 갖추지 못하면 결국 불가피하게 골칫거리를 떠안을 수밖에 없다. 골칫거리에 말려들지 않는 사람은 중요한 일에만 집중하고 부수적인 것은 무시한다. 그런 사람들의 방어책에는 골칫거리가 생길 만한 상황 자체를 아예 피하는 전략이 포함되어 있다. 적절한 조치를 취하지 못했던 과거의 실수를 인정하고 다시는 그런 일이 되풀이되지 않도록 하는 것이다.

삶에 끼어드는 방해물을 피하고 싶다면 골칫거리의 경고 표시를 미리 깨닫고 적절한 반응을 해야 한다. 여기서 핵심 단어는 '반응'이다. 적극적으로 자신의 삶을 조절해야 한다. 골칫거리에서 벗어나는 수고를 피하고 싶다면 아예 말려들지 않는 전략을 계발해야 하는 것이다.

예를 들면 어떤 일을 처리하기 위해 신체적인 대결을 하고 싶은 유혹이 느껴질 때가 있을 것이다. 하지만 이런 일에 말려든다면 틀림없이 나중에 후회하게 된다. 결과를 생각해 보자. 흠씬 두들겨 맞고 끝날 수도 있다. 이런 일을 굳이 하고 싶은가? 운이 좋아 상대를 때려눕힐 수도 있다. 그러나 사람을 때려눕히는 것에서 비뚤어진 만족감을 느끼는 사람이 아닌 한 이것도 만족을 가져다주지는 못한다. 물론 또 다른 상황도 있을 수 있다. 당신과 상대 모두 상처를 입는 것. 이럴 때는 두 사람 모두 패배한 것이다.

골칫거리에 말려들지 않는—골칫거리에서 벗어나야 할 상황이 아닌—방법은 조심스럽게 전투를 선택하는 것이다. 이겨서 아무것도 얻을 게 없다면 전투에 나서서는 안 된다. 대개 신체적인 대결은 누구에게도 긍정적인 결과를 가져다주는 경우가 거의 없다.

거친 사내들과 육탄전을 피하려면 나의 전략을 십분 활용해 보라. 나는

거친 사내들과 관련된 지난 세 번의 싸움에서 모두 이겼다고 당당하게 밝힐 수 있다. 그 사내들과 적어도 1킬로미터쯤 떨어지는 것으로! 나는 신체적 대결에서 빈번하게 일어나는 위험한 결과를 피하기 위해 적절한 행동을 취한 것이다.

되풀이해 말하지만 골칫거리에 말려들지 않는 방법은 골칫거리로 빠뜨리는 당신의 행동을 제어하는 것이다. 쿨하게 처리하고 싶다고? 하지만 실제로 효과를 거두는 것은 침착함이다. 아직도 이해하지 못한 경우를 대비해 다시 한 번 반복한다. 골칫거리에서 벗어나는 것보다 애초에 골칫거리에 말려들지 않는 편이 훨씬 수월한 법이다!

44
원래 그렇게 타고난 걸 어쩌겠는가

다른 사람들이 당신에게 하는 말이나 행동을 사사로운 것으로 받아들이는가? 당신이 대다수의 사람들과 비슷하다는 전제하에 나는 그 대답이 '그렇다'라고 단언할 수 있다. 당연히 우리 모두는 다른 사람의 특정한 행동에 과잉 반응을 보이는 경향이 있다. 하지만 모든 행동을 사적인 것으로 받아들이는 것은 우리의 이기심을 증명한다. 우리는 '세상은 나를 중심으로 돌아간다'라는 믿음을 가지고, 자신을 향한 행동을 모두 사사로운 것으로 받아들인다.

뭐든 사사로운 것으로 받아들이기는 쉽다. 그러나 행복이 당신의 목표 중 하나라면 남들의 생각이나 행동을 사사로운 것으로 받아들이지 않는 법을 배워야 한다. 중요한 이벤트에 초대를 받지 못했거나, 차를 운전하는데 누가 끼어들었거나, 레스토랑에 갔는데 서비스가 엉망이었다 하더라도, 그러한 일들이 당신에 대한 공격이라거나 당신을 얕잡아보기 때문이라고 생각하지는 말자. 사실 그 사람들은 누구를 막론하고 그러고 있을 테니 말이다.

도로에서 마구 끼어드는 사람—이같은 일을 저지르는 지구상의 수백만 명과 마찬가지로—은 뭐가 옳고 그른지도 모르는, 특히 다른 사람에 대한 배려나 예의가 아예 없는 사람으로 생각하면 된다. 그렇게 분별력 없

는 사람들은 상상을 초월할 정도로 많다.

어쨌든 세상은 냉담하고, 다들 자기중심적이고, 무례하다 할 수 있다. 수많은 사람들이 당신의 존재를 인식하지 않은 채 자기 일만 하고 있으니 말이다. 그들은 자신의 규칙이 옳다고 생각하기 때문에 당신의 규칙에 따라 움직이지 않는 것이다. 사실 그들의 자기중심적인 정도는 당신이 좀 더 존중받기를 기대하는 딱 그만큼만이라고 할 수 있을지도 모른다. 그러므로 당신이 받아 마땅하다고 생각하는 존중과 대우를 그들이 하지 않는다고 분노해 봐야 아무 소용이 없다. 당신은 세상 모든 사람이 당신만큼이나 사려 깊기를 바랄 것이다. 그러나 그런 일은 절대로 일어나지 않는다고 장담할 수 있다.

어떤 일을 사사로운 것으로 받아들이지 않는 방법은 다른 사람이 당신에게 하는 행동이 당신 때문이 아니라는 점을 깨닫는 것이다. 오히려 그들 자신—달리 말하면 그들의 이기심—때문이다. 그러니 누구에게도 답신하지 않을 배려심 없는 사람에게서 답신 전화가 오지 않는다고 화를 낼 까닭이 뭐란 말인가? 그들의 무례한 행동을 개인적인 모욕으로 받아들이지 않으면 타인의 생각이나 언행에서 오는 좌절감을 극복할 수 있다. 스스로에게 이렇게 되뇌어 보자. "남들한테도 다 저렇게 굴겠지? 저건 나와는 전혀 상관없어. 혹시 다른 사람에게는 그러지 않는다고 해도 저런 인간에게서 존중이나 인정 따위를 바랄 필요 없잖아." 이런 식으로 접근하게 되면 상대방으로 인한 좌절감과 실망감에서 벗어날 수 있다.

누군가가 도로에서 갑자기 끼어든다면 그 예의라고는 없는 인간이 당신에게만 못되게 군다고 생각하지 말기를. 당연히, 그 사람은 누구에게나—하다못해 자기 부모에게도—무례할 것이 뻔하다. 부모가 25년 동안 남들에게 사려 깊게 구는 법을 가르치지 못했는데 당신이 쫓아가서 몇 분간 고래고래 소리 질러 봐야 무슨 소용이 있겠는가.

그 사람은 보나마나 지난 10분 동안 다섯 번은 끼어들었을 테고 앞으로 10분 동안에도 또다시 다섯 번은 끼어들 사람이다. 그 사람이 끼어들었거나 앞으로 끼어들 상대는 당신보다 성공하고 돈도 많고 상당한 위치에 오른 사람일 수도 있다. 그러한 사람에게도 그런 짓을 하는데 하물며 당신이 뭘 기대할 수 있겠는가.

제대로 짚어 보자. 타인의 생각과 언행을 사적인 것으로 받아들인다 하더라도, 그들이 우리를 성나게 했거나 우리의 마음을 상하게 했다고는 할 수 없다. 그렇게 한 주체는 바로 우리이다. 상처받는 것을 피하려면 인간은 원래 완벽하지 않다는 점을 깨달아야 한다. 무릇 인간이란 배려 없고 예의없는 행동으로 나타나는 숱한 부정적인 자질을 갖고 있게 마련이다. 그런 부류는 남들에게도 다 그렇게 한다는 점을 기억하면서 무시하는 법을 배우자. 어쨌든, 이론적으로는 그들도 어쩔 수 없다. 원래 그렇게 타고난 사람들인 걸 어쩌겠는가?

45
당신을 위할 사람은 오직 당신뿐

우리는 살아가면서 맞닥뜨리는 어려움이나 중요한 일, 상황, 과제를 다른 사람이 대신 처리해 주었으면 하는 바람을 품곤 한다. 또 그만큼이나 자주, 다른 사람의 노력으로 자신에게 좋은 일이 생기길 바라기도 한다. 물론 그럴 일은 절대로 없을 테지만 이것은 지극히 일반적인 현상이다. 마음에 들든 들지 않든—대부분 마음에 들어 하지 않겠지만—누군가가 우리를 위해 의미 있는 일을 해 주는 경우는 지극히 드물다. 안타깝게도 현실은 계속해서 우리를 침해하여 삶을 어렵게 만든다. 당신은 중요한 일일수록 누군가가 당신을 위해 대신해 줄 확률이 낮다는 사실을 물론 알고 있을 것이다. 정말 중요한 일이라면 누군가가 대신해 줄 확률은 0퍼센트이다.

뭔가 중요한 일을 대신해 주도록 당신이 다른 사람에게 영향을 미칠 수 있다 해도 결국 골칫거리를 만드는 결과가 될 뿐이라는 걸 인정하자. 세상의 숱한, 목표 없는 이들은 삶의 중요한 부분을 남들에게 떠넘기지 못해 안달이 나 있다. 당신이 누군가에게 의지하는 습관이 들어 있다면 당신을 도와줄 사람이 곁에 없을 경우 심각한 문제에 봉착하고 말 것이다. 또한 당신을 진정으로 도우려는 사람이라면 당신을 돕는 최선의 방법은 당신이 스스로 하도록 만드는 것이라는 사실 역시 잘 알고 있을 것이다.

자신의 일을 남에게 맡기는 것은 좌절과 절망을 자초하는 것이나 다름 없다. 당신을 위해 누군가가 대신 결정을 내리려고 하는 특정한 상황이 있을 수 있다. 문제는 그들이 올바른 결정을 내리지 못할 수도 있다는 점 이다. 자기 이익은 스스로가 지켜야 한다. 중요한 일을 해야 할 때는 스 스로 해야 한다. 결국 일이 성사되지 않더라도 그 점에 대해 탓할 사람 은 자기 자신이 될 테니 말이다.

어딘가 중요한 목적지에 닿고 싶다면 스스로 길을 개척해야 한다. 한 현 자는 이렇게 결론 내렸다. "이루어져야 한다면 그것은 전적으로 당신에 게 달린 일이다." 훌륭한 성취는 '당신의' 고된 노력 없이는 당신에게 오 지 않는다. 삶에서 마땅히 받아야 할 몫을 거부당하고 있다고 생각한다 면 그것을 얻기 위해서 당신이 뭔가를 해야 한다.

우리는 대부분—무엇보다도—안락함과 안정을 바란다. 그러면서도 삶에 서 중요한 일에 발 벗고 나서려 하지 않고, 장애나 스트레스, 혹은 어려 움 없이 그것이 찾아오기를 바란다. 안락할 때 우리는 "아무 어려움도 느껴지지 않아요."라고 말한다. 안타깝게도 아무 어려움도 느끼지 않는 다는 것은 성취와 만족, 그리고 창의적인 충만감이라는 경험과는 결코 동의어가 될 수 없다.

자립해야만 목표와 꿈을 얻을 수 있다. 다른 사람의 도움을 기대하지 않 고 주도권을 쥐는 것이 최선이다. 친구와 지인 들은 모두 그들 자신의 목 표와 꿈을 갖고 있다. 그들 스스로의 중요한 일도 수행하지 못하는 판에 당신을 위해 뭔가 중요한 일을 해 줄 확률이 얼마나 되겠는가? 세상이 제공하는 좋은 것들을 누군가 다른 사람이 가져다줄 때까지 넋 놓고 기 다릴 일이 아니다. 자신의 손으로 직접 일궈 나가고 다른 사람의 도움은 잊도록 하자.

당신의 삶이다. 당신이—오직 당신만이—중요한 일들을 일어나게 할 수 있다. 삶의 질을 좌우하는 데는 무수한 요인이 있지만 95퍼센트는 당신의 몫이다. 삶의 질은 당신이 얼마나 기꺼이 움직이느냐에 달려 있다. 당신이 많이 움직일수록 당신의 삶에는 수많은 중요한 일들이 일어날 수 있다.

46
신념은 때로 질병이다

인생이라는 게임에서 확실한 것이 두 가지 있다고 한다. 바로 죽음과 세금이다. 그리고 여기 한 가지가 더 있다. 지금껏 믿어 왔던 것을 계속해서 그대로 믿으면 미래는 지금 상태와 별반 다르지 않으리라는 것이다. 삶이 제대로 굴러가지 않는다면 당신의 신념이 제 역할을 못 한 것이라는 전제에서 출발하자. 미국의 유머작가인 질리트 버지스는 지적했다. "지난 몇 년 동안 중요한 신념 하나를 버리고 새로운 신념을 얻지 않았다면 맥박을 점검해 보라. 십중팔구 당신은 죽은 사람일 테니." 신념과 관련한 문제는 그 신념이 당신의 삶을 어렵게 만들 수도─심지어는 망쳐 버릴 수도─있다는 점이다. 사실 신념은 당신을 영원히 구속하는 영구적인 고착물이 될 수도 있다.

신념은 우리가 느끼고 생각하고 행동하는 방식을 결정한다. 자신이 믿고 있는 것의 일부─아마도 대부분─가 잘못된 것일 수 있다는 점을 받아들이는 것은 무척 중요하다. 당신의 신념은 현실과는 아무 관련이 없을 수도 있다. 심리치료사인 브루스 디 마시코에 따르면 "신념은 무언가를 진실한 것, 사실인 것으로 추정하는 것이다. 신념은 선택의 원인이 되는 것이 아니라 선택에 의해 창조된다. 한 사물의 존재에 대한 신념은 그 존재와 동의어가 아니다." 달리 말하면 중력은 신념이 아니다. 그것은

눈에 보이지 않아도 현실이다. 그러나 중력이 당신에게 좋지 않다고 말하는 것은 신념이다. 이런 부류의 신념은 중력이 할 수 있는 것보다 훨씬 여러 차례, 삶에서 당신의 발을 걸고 넘어질 것이다.

당신이 강력하게 믿고 있는 신념들에 대해 의문을 품은 것이 마지막으로 언제였는가? 아마도 이번이 처음일지도 모르겠다. 자신의 삶이 행복하지 못하다는 결론을 내렸다면, 이제는 당신이 소중하게 여겨 온 신념 중 일부를 버릴 시간이다. 경제적인 곤란에 처해 있는가? 다른 사람보다 성공하지 못했는가? 결혼 생활이 엉망인가? 삶에서 일어나는 모든 일은 당신이 지닌 신념의 직접적인 결과이다.

자신의 신념에 의문을 품지 못하면 결국 수많은 거짓된 신념을 갖게 된다. 사회에 만연해 있는 거짓된 믿음에 넘어가기는 너무도 쉽다. 좋은 예를 찾기도 어렵지 않다. 어두운 곳이나 불빛이 침침한 곳에서 책을 읽으면 눈이 상한다고 믿고 있는가? 사실 이 주장을 뒷받침할 증거는 어디에도 없다. 미국안과학회에서는 이렇게 말한다. "어두운 곳에서 글을 읽는 것은 어두운 조명으로 사진을 찍을 때 카메라에 미치는 영향만큼 눈에 해롭지 않다."

배부르게 먹고 난 후 바로 수영을 하는 것이 위험하다고 믿는가? 역시 그것도 입증할 증거는 없다. 50년도 더 전에 적십자에서 수영 직전에 식사를 하는 것이 위험하다는 브로슈어를 펴낸 적이 있지만, 요즘의 적십자 브로슈어에는 식사 직후에 수영을 한다고 해서 위험하지는 않다고 나와 있다. 조시 빌링스의 다음 말에는 지혜가 넘친다. "많은 사람들이 갖고 있는 문제는 너무 많이 몰라서가 아니라 잘못된 것을 너무나 많이 알고 있기 때문에 생긴다."

우리는 타당해 보인다는 이유만으로 우리의 신념을 고수한다. 그러나 한두 세기 전에 타당했던 수많은 것들이 오늘날에는 타당하지 않은 것—심지어는 얼토당토 않은 것—으로 여겨진다. 역사상 훗날 터무니없는 것으로 밝혀진 신념들은 수없이 많다. 예를 들어 한때는 전 인류가 지구는 평평하다고 믿었다. 그러나 콜럼버스는 그렇지 않다는 것을 증명해 보였다. 그러니 오늘날의 많은 일반적인 믿음들도 지금으로부터 50년, 혹은 백 년쯤 후에는 잘못되고 우스꽝스러운 것으로 여겨질 수 있다.

인간의 정신을 연구하는 현대 철학자와 학자 들은 우리가 사고의 메커니즘을 이해하지 못하고 있다고 주장한다. 역사학자인 제임스 하비 로빈슨은 말한다. "우리가 하는 추론의 대부분은 이미 하고 있는 일에 대한 믿음의 이유를 찾으려는 것으로 이루어진다." 분명 우리의 사고는 기대에 비해 진전되어 있지 못하다. 틀림없이 지금으로부터 몇 세기 후를 살아가는 후손들은 현재 우리가 믿는 많은 신념과 우리의 추론 방식을 터무니없는 소리로 생각할 것이다.

정리하자면 신념을 갖는 것은 좋다. 그러나 되지도 않는 신념을 고수하는 것은 현명한 일이 아니다. 끊임없이 의문을 던지지 않는 한 자신의 신념이 현실과 동떨어져 있음을 깨닫지 못할 수도 있다. 스스로의 신념에 고착되다 보면 신체적, 정신적으로 해를 입을 수 있다. 이런 관점에서 신념은 질병이 된다. 다른 건강 문제처럼 원인을 제거해야 한다. 다시 말해 지금껏 소중히 여겨 온 자신의 신념을 진단해 보고, 건강하고 성공적인 삶에 공헌하지 못하는 것들은 제거해야 한다는 뜻이다.

47
전문가들을 조심하라

자신의 신념에 대해 자문하면서 세상의 전문가들에 관한 신념도 자문해
보면 어떨까? 우리는 풍부한 경험과, 높은 명망을 떨치고 있는 사람들
에게 위축감이 생기기도 한다.

전문가들이 진정으로 능력을 발휘할 때는 '왜 뭔가가 되지 않는가'에 관
한 훌륭한 사례를 내놓을 때다. 그들은 뛰어난 언변으로 사람들에게 되
지 않는 이유를 기어코 납득시키고야 만다. 문제는 전문가들이 어떻게
하면 되는지에 관해서는 고려를 하지 않는 것처럼 보인다는 데 있다.

최근 나는 생생한 경험을 한 적이 있다. 《은퇴 생활 백서》를 집필하고 난
직후, 그 원고를 25곳의 미국 주요 출판사와 10곳의 영국 출판사에 보
냈다. 나는 별 문제 없이 출판사를 구할 수 있으리라고 생각했지만 결과
는 정반대였다.

놀랍게도 내 원고를 받은 25군데의 미국 출판사와 10군데의 영국 출판
사 모두가 은퇴 서적은 시장성이 없다거나, 설령 있다 하더라도 이미 유
사한 책들로 포화 상태에 이르렀다고 판단을 내린 것이었다. 당시에 나
는 1백에서 2백 권 사이의 은퇴 관련 서적이 영어로 출간되었고 더욱 많
은 권수가 출간될 것을 예상하고 있었다.

은퇴 관련 서적의 잠재적 시장성에 대한 주요 출판사들의 부정적인 견

해에도 나는 텐스피드프레스가 내 책의 미국 내 유통을 맡아 주겠다고 동의한 후 자비로 출판하기로 마음먹었다. 나는 은퇴의 개인적인 측면에 관한 세계 최고의 책을 썼다는 자부심을 느끼고 있었고 입소문을 통해 결국 시장성을 입증해 보이리라 마음먹었다.

내 책에 관한 전문가들의 견해에 위축되지 않은 것은 결국 좋은 일이 되었다. 재정적 위험을 감수했지만 엄청난 판매 성과를 올릴 수 있었다. 《은퇴 생활 백서》는 지금까지 7만 7천 부가 넘게 팔렸으며 7개국으로 판권이 판매되었다. 주요 출판사들이 시장성이 없다고 생각한 캐나다 인인 내가 쓴 책이 미국 시장에서 선전하는 것을 보며 나는 말로 표현할 수 없는 만족감을 경험했다.

나의 경험과 관련해 중요한 교훈 한 가지가 있다. 소위 전문적인 견해라면 들을 만큼 들었다는 것이다! 대부분의 '전문가'들께서 혁신적인 어떤 것이 비즈니스 현장에서 성공하리라는 것을 상상조차 못하는 판에, 그들의 말을 무시하고 기회를 노리지 않을 이유가 뭐가 있겠는가? 전문가들은 그 영역에서 35년간 근무했으며 당신은 최근에 발을 들인 신참에 불과하다 할지라도 전문가들의 말은 듣지 않는 편이 현명하다.

오랜 경력으로 얻은 광범위한 지식을 가지고 상대를 설득하려 애쓰는 사람들을 경계하라는 것이 나의 산 교훈이다. 자기가 다른 누구보다 잘 알고 있다고 생각하고 호언장담하는 사람들—몇 년 동안 특정한 영역에 몸담고 있었다는 이유로—은 그다지 뭘 모르는 사람들일 경우가 많다. 사실 그런 이유로 더 나은, 다른 직종으로 옮겨 가지 못했던 것은 아닐까? 나는 '전문가'들의 말을 듣지 않고 '비이성적'으로 군 덕에 성공한 것이 아닌가 하는 생각을 한다. 나는 어떤 산업에서 무엇이 이루어질 수 있을지, 무엇이 이루어질 수 없을지를 내 힘으로 알아냈다. 창조적인 성공을

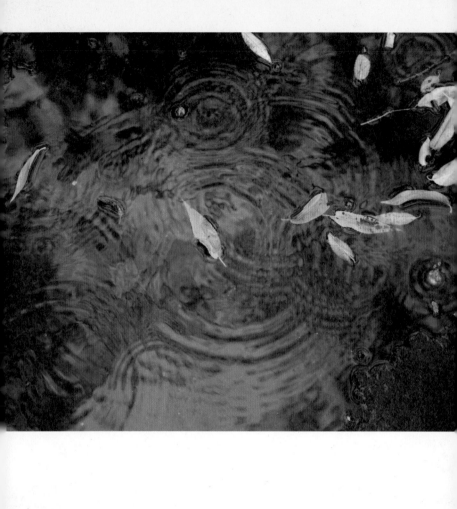

거둔 사람은 두려움을 무릅쓴 채 다른 사람들—심지어는 전문가들까지도—은 감수하려 하지 않는 위험을 감수한다. 로버트 하인라인은 현명하게도 이 점을 짚었다. "항상 전문가들에게 귀를 기울여라. 그들은 당신에게 무엇이 되지 않을지, 왜 그럴지 이야기해 줄 것이다. 그러면 그걸 하면 된다."

절대—아무리 당신의 지식이 한정되어 있다 해도—스스로를 전문가들보다 경시하지 말기를. "익숙한 것을 운용하는 것은 전문가들의 책임이고, 그것을 초월하는 것은 지도자의 책임이다." 헨리 키신저의 말이다. 얼마나 대단한 자격을 갖추었든 당신의 중요한 결정을 전문가들에게 맡기는 것은 어리석은 일이다. 재무 설계사, 은행가, 의사, 부동산 전문가는 자신들의 분야에서 상당히 많은 것을 알고 있을 수 있다. 그렇다고 해서 그들이 당신의 목표, 능력, 야망과 꿈이 우주라는 큰 그림의 어디에 들어맞을지 과연 알 수 있을까?

48
이성적인 것이 꼭 좋은 것은 아니다

마틴 루터는 이성을 '악마의 매춘부'라고 불렀다. 당신은 얼마나 이성적인가? 상당히 이성적임에도 왜 삶의 많은 면이 제대로 돌아가지 않는지 알고 있는가? 아마도 더욱 이성적이 될수록 당신의 삶은 더욱더 혼란 속으로 떨어질 것이다. 꿈과 실제 생활이 조화를 이루지 못하기 때문이다. 어쩌면 당신은 이성을 창밖으로 던져 버리고 더욱 비이성적으로 행동해 이 상황을 박차고 일어나야 할 수도 있다.

사회와 학교는 우리에게 이성적인 것이 행복과 성공을 가져다준다고 가르친다. 물론 이성적인 것도 나름의 고유한 자리가 있기는 하다. 그러나 문제는 지나치게 이성적인 것이 창의력과 삶의 평안에 방해가 될 수도 있다는 점이다. 새롭고 창의적인 것을 고려하고 있을 때면 얼마 지나지 않아 누군가가 그건 비이성적이라고 지적하곤 한다. 그러나 이성적으로 굴어 봐야 삶에서 꼴찌에게 주는 격려상이나 받게 될 뿐이다.

비이성적으로 행동해서 이득을 얻은 수많은 실례 중 하나를 살펴보자. 경영학 박사학위를 밟고 있을 때 나는 내 중간고사 점수를 생각보다 낮게 준 교수를 찾아가기로 마음먹었다. 그렇지만 이미 낮은 점수를 받은 동료 넷이 면담을 하고 나온 터라 그 교수를 만나러 가는 것이 비이성적이라는 판단이 들었다. 네 명 모두 점수를 높이는 데 실패했던 것이다.

이성은 나에게 그 교수를 만나러 가는 건 시간 낭비일 뿐이라고 생각하게 했지만 나의 내적인, 창의적인 목소리는 나만큼은 더 나은 점수를 받아 낼 수 있을 거라고 이야기하고 있었다. 최면 기술이 있거나 자격증이 있는 것도 아니었기 때문에 나에게 높은 학점을 주도록 교수를 설득하려면 창의적인 방법을 찾아야 했다. 결국 나는 다른 학생들과는 다른 방식으로 문제 해결에 나섰다.

내가 첫 번째로 한 일은 교수에게 공정하지 못한 점수였다며 그 교수의 '잘못'을 지적하지 않는 것이었다. 나는 내가 틀렸다고 인정했다. 사적인 상황은 사적인 수단을 요구하는 법이니까! 나는 교수에게 이렇게 말했다. "지난번 과제를 망쳐서 이 과목에서 좋은 성적을 내지 못했습니다. 그러다 보니 3천 달러 정도가 걸린 조교직을 잃게 생겼네요." 그런 다음 나의 문제를 모두 그 교수에게 전가하고 동시에 상대가 전권을 발휘할 수 있도록 이렇게 물었다. "교수님이 제 입장이라면 어떻게 하시겠습니까?"

놀랍게도—이성적인 관점으로는—나의 비이성적인 행동은 성과를 거두었다. 교수는 잠시 생각을 해 보더니 대답했다. "어떻게 해야 할지 말해 줌세. 기말고사에서 좋은 성적을 받으면 전체 점수를 높여 주겠네. 우리가 이 대화를 나누었다는 걸 기억할 수 있도록 시험지에 살짝 표시만 해주게나."

결국 그 과목의 최종 학점은 내 기대보다 훨씬 높았고—나는 최고 점수를 받았다—나는 3천 달러가 걸린 조교직을 지킬 수 있었다. 분명 다른 네 명의 MBA 학생 누구도 비이성적으로 구는 것은 그다지 고려하지 않았을 것이다. 그도 그럴 것이 대개의 MBA 과정이 극도로 이성적이도록 가르치고 있으니 말이다.

안타깝게도 우리는 지나치게 이성적인 탓에 직감, 내면의 목소리, 꿈, 전조를 무시하고야 만다. 다른 사람보다 우월하고 싶다면 본능─이성이 아니라─을 따라야 한다. A. C. 벤슨은 이렇게 말했다. "나는 이성이 아닌 본능을 믿는다. 이성이 옳을 때 열의 아홉은 무기력한 경우이고, 이성이 우세할 때 열의 아홉은 틀린 것이다."

삶이 더욱 생동감 있고 즐거워질 수 있도록 조금 덜 이성적이 되어 보자. 당신이 하는 모든 일에 이성이 필요하지는 않다. 당신이 멘토로 삼고 싶은 성공한 사람과 혹시라도 이야기를 나눌 수 있을까 생각만 하지 말고 직접 전화를 걸어 보자. 당신이 가 본 적 없는 길로 이끄는 내면의 목소리에 귀를 기울여 보자. 당신의 지성은 아니라고 말하지만 내면의 목소리는 그렇다고 하는 때가 있다. 그러면 본능에 따르자. 대개 본능은 무엇이 최선인지를 알고 있으니까. 비이성적인 것은 날마다 그때그때 당장 뭔가를 하는 것이다. 자신 혹은 다른 사람의 판단의 목소리와 마주친다면 그 널려 있는 이성에 타격을 날려 보자. 삶이 달라짐을 깨달을 것이다. 비이성적인 방식으로 충만하게 살면, 삶은 한층 흥미로워지고 당신에게 더욱 많은 보답을 줄 것이다.

49
현명한 사람은 바보에게서 더 많은 것을 배운다

얼마 전 한 국제인재협회의 연례회의를 홍보하는 브로슈어를 받은 적이 있다. 그 브로슈어의 표지에는 "만물박사가 됩시다! 여기 그 방법이 있습니다!"라고 쓰여 있었다. "저희 협회에 가입하시면 누구나 만물박사가 될 수 있습니다."라는 호언장담도 있었다. 브로슈어를 읽으면서 나는 이 전문가들이 '만물박사가 아닌 것'의 장점을 경시하고 있는 것은 아닌지 궁금하지 않을 수 없었다.

누구도 어느 분야에서든 알아야 할 모든 것을 알 수는 없다. 비록 망상에 빠진 만물박사들이 자기들은 그렇다고 착각하더라도 말이다. 그들은 어느 문제에 관해서든 자기가 전문적인 해답을 갖고 있다고 생각한다. 갖가지 사실과 수치로 상대방을 압박하며, 언제 어떤 이슈에 관해서든 자기 의견을 으스대며 이야기한다. 남들보다 우월하다고 생각하기 때문에 이 만물박사들은 상대가 자기의 의견에 동의하지 않으면 그것을 모욕으로 간주한다.

모든 대답을 가진 사람은 당연히 만물박사라 할 수 있다. 그러나 사실 이들은 멍청이와 별반 다를 것도 없다. 달리 말하면 자칭 만물박사들은 자기들이 생각하는 것만큼 똑똑하지 않다는 얘기다. 만물박사들은 집중해서 공부하지 않고 심사숙고하지 않으며 남의 이야기에 열심히 귀 기울이지도 않는다. 왜냐고? 자기들이 이미 모든 것을 알고 있다고 생각하니까. 안타깝게도 다른 사람들은 만물박사를 거부한다. 다른 사람의 견해나 창의성이 들어설 여지를 남겨두지 않기 때문이다.

흥미롭게도 세상의 현명한 사람들은 자신들이 만물박사에 근접하다고조차 언급한 적이 없다. 수세기 전 로마의 정치가이자 작가인 대* 카토는 이렇게 지적했다. "현명한 사람은 바보가 현자에게서 배우는 것보다 더 많은 것을 바보에게서 배운다." 현명한 사람들은 자신보다 훨씬 재능이 떨어지고 교육도 덜 받은 사람들에게서도 지혜의 편린을 얻곤 한다. 지식을 갖추었다는 사람들과는 다르게, 현명한 사람들은 자신들이 알고 있는 것과는 상관없이 살아가면서 배울 것이 너무도 많다는 점을 깨닫고 있다.

세상에 대해 많은 것을 배운다는 것은 만물박사가 되는 것과는 거리가 멀다는 점을 기억하기를. 당신보다 재능이 떨어지고 아는 것이 적은 사람들로부터 배우지 못한다면 그것은 커다란 손해이다. 자신보다 교육이나 지적 능력이 떨어지는 사람들을 무시하기는 쉽지만, 그들은 당신 혼자서는 생각해 낼 수 없는 훌륭한 아이디어의 원천이 될 수 있다.

지금 하는 일에서 얼마나 오랫동안 경력을 쌓았든, 얼마나 전문가이든, 당신은 그 분야에서 항상 새로운 무언가를 배울 수 있다. 때로는 그 분야에 경험이 전혀 없는, 전혀 기대하지 못한 사람으로부터 기막힌 아이디어나 정보를 얻을 수도 있다. 그 사람은 당신이 사는 아파트의 경비원이거나 노숙자이거나 시베리아의 돼지치기일 수도 있다. 이런 관점에서 존 우든은 이런 결론을 내렸다. "중요한 모든 것을 알고 난 후에야 비로소 배우는 것이다."

삶에 대해 더 많은 것을 배우는 효과적인 방법은 남들만큼 말을 많이 하

지 않는 것이다. 한 노교수는 이렇게 꼬집었다. "주절거리고 있을 때는 아무것도 배울 수 없다." 남들의 이야기를 경청하자. 자신의 목소리가 사랑스러워서 언제나 재잘거리고 있다면 많은 것을 배우지 못한다. 자신이 매우 현명하다고 착각하면서 일방적으로 하는 대화는 바보들이나 하는 짓이다. 더 많은 것을 배우려면 세상의 현명한 사람들을 흉내 내야 한다. 현명한 사람은 쉽게 알아볼 수 있다. 현명한 이들은 겸손하다. 현명한 이들은 자신이 모든 것을 알고 있지 않으며 모든 사람이 자신에게 뭔가를 가르칠 수 있다는 사실을 받아들인다. 그들은 선입견이나 속단이나 비판 없이 남의 이야기에 귀를 기울인다. 웨이터, 택시 운전사, 도어맨, 농부에게서 배우는 사람들이다.

역사상 가장 탁월한 철학가 중 한 사람인 소크라테스는 이렇게 결론을 내렸다. "내가 아는 전부는 내가 아무것도 모른다는 것이다." 당신이 지금까지 얼마나 많은 것을 알고 있든 여전히 많은 것들에 대해 무지하다는 사실을 인정하는 것. 어쩌면 그것은 가장 훌륭한 지혜일지도 모른다. 무엇보다도 이것을 기억하자. 지혜는 여행의 수단이지 당신이 도달할 종착지가 아니라는 사실을.

50
가짜 영웅을 조심하라

미국 작가 F. 스콧 피츠제럴드는 말했다. "내게 영웅을 보여 달라. 그러면 비극을 한 편 쓸 수 있을 테니." 그러나 진짜 비극은 현대의 영웅 숭배자들의 절대 다수가 가짜 영웅을 숭배하고 있다는 사실이다. '영웅hero'이라는 말은 영어에서 가장 오용되는 단어 중 하나이다.

오늘날의 영웅이란 스포츠에 탁월한 실력을 보이거나, 재계에서 성공하거나, 쇼 비즈니스계에서 유명세를 얻은 사람에게 주로 붙는 말이다. 안타깝게도 현대의 영웅은 그릇된 이유로 사랑받거나 존경받거나 숭배되거나 우상화되고 있다. 이 점을 마음에 새기고 당신의 영웅을 조심해야 한다. 그들 중 누구도 대좌 위에 세워서는 안 된다. 아무도—설령 진정한 영웅이라 하더라도—그 자리에 있을 자격은 없다.

마이클 조던이나 웨인 그레츠키, 오프라 윈프리, 제리 사인필드, 데이비드 레터맨, 믹 재거, 셀린 디온 같은 유명 스포츠 스타나 대중문화 스타를 숭배하는 데 근본적으로 잘못된 점은 없다. 그들은 나름의 방식으로 창의적이며 최고의 성공을 거둔 사람들이다. 그렇다 해도 유명 스타들을 바라보고 그들에 대한 이야기를 하면서 지나치게 많은 시간을 보내다 보면 자기 자신이 의미 있는 성취를 이루는 데 써야 할 귀중한 시간과 에너지를 낭비하게 된다.

현대의 영웅들은 실제보다 과장된 모습으로 대중에게 받아들여지는 경향이 있다. 그러나 스포츠 스타나 영화배우, 가수, 정치가 들은 그들을 우러러보던 사람들을 깜짝 놀라게 할 행동을 보이곤 한다. 대중의 우상이 도덕적으로 심각한 결함을 보이는 경우도 허다하다.

영웅 숭배자들의 또 다른 어두운 측면은 거짓된 영웅을 통해 대리만족을 느끼며 살아간다는 점이다. 록스타나 야구선수, 영화배우 같은 거짓된 영웅을 통해 대리만족을 느끼며 살아가는 게 무슨 의미가 있겠는가? 그런 삶은 피상적이다. 혹은 삶을 기만하고 있다고 말할 수 있지 않을까? 틀림없이 당신은 자신이 그다지 훌륭하지 못하다고, 삶에서 이룬 것이 없어 스스로가 자랑스럽지 못하다고 생각하고 있을 것이다. 이런 대리만족적 삶은 정작 자신이 원하는 삶을 만들어 내지 못하도록 스스로를 한계 속에 가둔다.

당신이 확신할 수 있는 것은 하나이다. 진정한 영웅은 다른 사람의 숭배를 통한 대리만족적 삶을 살지 않는다는 것. 그렇다면 무엇이 진정한 영웅을 만들까? 헝가리의 지도자 라요스 코슈트는 이렇게 결론을 맺었다. "역경의 극복이 성공을 이루어 낸다."

결론적으로 진정한 영웅이란 크나큰 역경을 극복해 내고 자신이 정의한 성공을 향해 힘차게 나아가는 법을 터득한 사람이다. 진정한 영웅은 빈틈없는 존재가 아니다. 실수도 하고 때로는 주저한다. 심지어는 상당 기간 동안 아무것도 성취하지 못하지만, 그럼에도 세상을 보다 살 만한 곳으로 만들기 위한 여정을 멈추지 않는다.

진정한 영웅은 역경을 극복하고 세상에 상당한 공헌을 하지만 언론에 의해 유명세를 타지 않는다. 예를 들어 로버트 맥카힐 신부는 다 망가진 자전거를 타고 방글라데시 골목을 누비며 병원에 갈 엄두도 못 내는 가난한 환자들을 돕고 있다. 거리의 사람들을 위해 일하는 맥카힐 신부 같은 분들이 세상에 경이로운 일을 하고 있는 것이다. 사생활이 방탕하기 짝이 없는 스포츠 스타나 영화배우보다 어른아이 할 것 없이 모두에게 훌륭한 역할 모델이 될 수 있는 분들은 언론 매체를 통해 접할 기회가 너무도 드물다.

최상의 성취를 이룬 영웅이라 할지라도 우상화해서는 안 된다. 그들을 역할 모델로 삼는 것은 살아가는 데 힘과 용기가 될 수는 있다. 그러나 자신을 대리 투영해서는 안 된다. 그들도 취약점이 있으며, 각자의 문제를 안고 있다.

세상 어느 누구도 누군가의 과도한 존경을 받을 자격은 없다. 진정으로 자부심이 있는 사람이라면, 다른 사람의 성과와 성공에 경탄을 보낼 수는 있어도 누구든 자신보다 우월하다고 생각하지는 말아야 한다. 또한 영웅의 우월성을 믿는 것이 자신의 힘에 제한을 가할 수 있다는 것도 알고 있어야 한다.

홍연미

서울대학교에서 영어 영문학을 공부하고, 오랫동안 출간 기획 및 편집을 했다.
지금은 프리랜서 번역가로 활동하고 있다. 옮긴 책으로는《드라큘라》,
《앤서니 브라운 나의 상상 미술관》,《나보코프 블루스》등이 있다.

우리가 잊고 사는 50가지

1판 1쇄 인쇄 2012년 11월 15일 **1판 1쇄 발행** 2012년 11월 25일
지은이 E. 젤린스키 **옮긴이** 홍연미
발행처 청아출판사 **발행인** 이상용
출판등록 1979년 11월 13일 제 9-84호
주소 경기도 파주시 문발동 출판문화정보산업단지 507-7
전화 031-955-6031 **팩스** 031-955-6036
홈페이지 www.chungabook.co.kr
이메일 chunga@chungabook.co.kr
ISBN 978-89-368-1038-2 03840